Dieter Bachmann
Dominik Bernet
Wolfgang Bortlik
Zora del Buono
Urs Faes
Romana Ganzoni
Heinz D. Heisl
Franz Hohler
Zoë Jenny
Markus Manfred Jung
Josef Kleindienst
Ariane Koch
Pierre Kretz
Tim Krohn
Simone Lappert
Pedro Lenz
Charles Lewinsky
Jonas Lüscher
Thomas Meyer
Gianna Molinari
Karl-Heinz Ott
Rebekka Salm
Yvonn Scherrer
Hansjörg Schneider
Beat Sterchi
Alain Claude Sulzer
Julia Weber
Thomas Weiss
Jean Willi
Martin Zingg

Hebel Wirkungen

30 AUTORINNEN UND AUTOREN LESEN JOHANN PETER HEBEL

Im Auftrag der Basler Hebelstiftung
herausgegeben von Andreas Lang

Nimbus. Kunst und Bücher

GELEITWORT

Zum 200. Todestag Johann Peter Hebels

Zwei Jahrhunderte nach seinem Tod bleibt Johann Peter Hebel erstaunlich präsent. Die Anthologie «Hebel Wirkungen» zeigt dies eindrücklich. Hebel war nicht nur Dichter und Erzähler, Lehrer und Theologe – er war ein Menschenfreund im besten Sinn. Seine Erzählungen verbinden Volksnähe mit geistiger Tiefe, Witz mit Weisheit, Heimatgefühl mit Weltblick.

Mit Basel ist Hebel besonders verbunden: Hier wurde er geboren und hier ging er als Kind zur Schule. Später stand er als ausgeprägter Heimwehbasler in regem Austausch mit den örtlichen Gelehrten seiner Zeit. Die starke Verbundenheit mit Basel zeigt sich auch in dem von ihm im Ausland gedichteten Basler Lied «Z' Basel an mim Rhi». Dem alemannischen Sprachraum seiner Kindheit blieb er immer treu – einer Region, die sich über Grenzen hinweg erstreckt und die Menschen am Hochrhein, im Wiesental, im Markgräflerland und in der Nordwestschweiz bis heute verbindet.

Dass dreissig Schweizer Autorinnen und Autoren Hebels Kalendergeschichten neu lesen und weiterschreiben, erfüllt mich mit Freude. Sie zeigen, wie lebendig Hebels Sprache und Geist geblieben sind, wie gegenwärtig seine Themen – Heimat und Fremdheit, Glaube und Zweifel, Humor und Menschlichkeit – heute wirken.

Diese neu interpretierten Geschichten laden ein, Johann Peter Hebel wieder zu entdecken: als Brückenbauer zwischen Land und Stadt, zwischen Bildung und Alltag, zwischen Deutschland und der Schweiz.

Basel ehrt Hebel nicht nur als einen grossen Schriftsteller, sondern auch als Europäer. Einen, der uns lehrt, mit offenen Augen und offenem Herzen durch die Welt zu gehen.

Möglich gemacht hat dieses Werk die Basler Hebelstiftung. Ihr gilt mein grosser Dank.

Dr. Conradin Cramer
Regierungspräsident
des Kantons Basel-Stadt

Inhalt

JOHANN PETER HEBEL

Eine seltsame, jedoch wahre Geschichte

Zwei Schiffer fuhren früh Morgens, den Strom herab, und der Tag war schon ins enge stille Tal gekommen, als sie an der hohen Felsenwand, genannt die Riesenmauer, vorbei fahren wollten. Es steigen nämlich daselbst die Felsen fast senkrecht in die Höhe. Weit oben ist's wie abgeschnitten, und der heilige Nepomuk, ob er gleich von Stein ist, meint man doch, es müsse ihm schwindlich werden, und es wird's einem für ihn, wenn man hinaufschaut. Keine Ziege weidet an dieser Halde, kein Fusspfad führt den Wanderer hinauf oder hinab. Nur einzelne arme Tannen oder Eichen sind aus den Felsenspalten da und dort herausgewachsen, mehr hangend als stehend, und nähren sich so gut sie können, vom Wasserduft und Sonnenschein. Als aber die Schiffer gegen die Felsenwand kamen, hörten sie ein klägliches Notgeschrei, und um einen Bugg herumgefahren, sahen sie mit Entsetzen, dass ein lebendiger Mensch in einsamer Todesnot und Angst auf einem solchen Eichstämmlein sass, und sich mit den Händen an einem schwachen Ästlein festhielt, wie ein furchtsamer Reiter am Kammhaar, und sah auch wirklich aus, als wenn er in die Luft hinausreiten wollte, unten Wasser, oben Himmel, vor ihm Nichts. Aber der eine Schiffer verwunderte sich noch viel mehr, als er den Mann ins Auge fasste und erkannte. «Seid Ihr es, Herr Schulmeister, oder trügt mich ein Blendwerk?» Ja, es war der Herr Schulmeister, ein braver unbescholtener Mann, den der Hausfreund so gut kennt, als sich selbst, oder seinen Adjunkt, ein Vater von drei Kindern.

Der Hausfreund müsste sich sehr an dem geneigten Leser oder an seiner eigenen Beschreibung irren, wenn derselbe früher fragen sollte, was er doch nicht erfahren wird, wie der Mann auf diesen Baum hinauf gekommen, als vielmehr, wie er wieder herab gebracht und aus des Todes Angst und Not gerettet worden sei. Man holte die längste Feuerleiter im Dorf und stellte sie an dem schmalen Bort zwischen dem Strom und den Felsen auf. Sie reichte nicht hinan. Man band die zwei längsten an einander und richtete sie mit unsäglicher Mühe und eigener Todesgefahr auf. Sie reichten nicht hinan. Es war schon 10 Uhr und die Sonne schwamm über das Tal als ob sie das seltsame Schauspiel auch sehen oder Mut und Hoffnung machen wollte zur Rettung. Man erstieg auf der andern Seite die Anhöhe, schlang das längste Seil, das zu haben war, um den heiligen Nepomuk und liess es hinab, dass er es um den Leib binden, sich alsdann mit den Händen und Füssen gegen die Felsenwand stemmen, und seine Auffahrt regieren sollte. Aber der arme Mann durfte mit den Händen den Ast nicht verlassen, weil er sonst keine Habung hatte auf dem schwachen Stamm und unvermeidlich das Gleichgewicht und das Leben hätte verlieren müssen. Endlich liess man auf die nämliche Art noch einen Mann von Mut und Kraft zu ihm hinab, der ihm das eine Seil um den Leib befestigete, und zog alsdann unversehrt einen nach dem andern herauf. Der Herr Schulmeister aber, als er wieder Boden erfasst und so zu sagen gelandet hatte, küsste er zuerst mit Dank und Gebet die Füsse des Schutzheiligen, der ihm gleichsam in der Gestalt des Seils seine hülfreiche Hand hinab gereicht hatte, und absichtlich seiner Rettung willen da zu stehen schien, und dankte seinen Mitbürgern. Hernach winkte er seiner zagenden Frau und seinen weinenden Kindern, die am jenseitigen Ufer standen, dass es jetzt nichts mehr zu sagen habe. Aber auf die Frage, wie er auf den Baum herab gekommen sei, konnte er keine Antwort geben, sondern er bewies hernach als ein Mann, dem an seiner Reputation viel gelegen ist, dass er in dem Dorf auf dem Berge ein einziges Schöpplein trunken habe, und nüchtern fortgegangen sei, um nach Hause zu kommen. Was sich aber weiter mit ihm zugetragen habe, wisse er nicht, sondern als er aufgewacht sei, seie er auf dem Baum gesessen.

Dem Hausfreund aber ist es in so fern lieb für seine Leser, dass die Sache im Dunkeln bleibt. Denn ob es gleich muss natürlich zugegangen sein, so sieht es doch wunderbarer aus, und greift besser an, wenn man nicht weiss, wie. So viel ist klar auf alle Fälle: «Er hat seinen Engeln über dir Befehl getan, dass sie dich behüten auf deinen Wegen, dass sie dich auf den Händen tragen.»

DIETER BACHMANN

«Unten Wasser, oben Himmel, vor ihm Nichts»

Im September 2024 berichten die Wiener Gazetten über den seltsamen Fall eines Abhandenkommens oder, um es deutlicher zu sagen, eines Verschwindens. Ein 81-jähriger Schriftsteller, der seit 45 Jahren in den Hochalpen jeden Sommer Schafe gehütet hat, geht in den Bergen, die er kennt wie kein Zweiter, verloren. Von kaum bekannten Wegen und schmalen Tierpfaden ist in den österreichischen Gazetten die Rede; auf diesen habe sich der Dichter immer euphorisch bewegt; als «Tänzeln im Gebirge» habe er seine Art von Fortbewegung dort oben beschrieben, auf 1800 Metern steiniger Höhe, die Gegend karg, nur von niedrigen Bäumen bewachsen, ein tausende Hektar grosses einsames Hochland, aus dem, so sagt es die Zeitung, «einzelne Namen ragen: Loskoppen, Heilbronnerkreuz, Speikberg, Krippenstein». Namen, so muss es der geneigte Leser verstehen, die einem Dichter angemessen waren. Nun sei die Suche nach diesem trotz Aufbietung von Mensch und Material und vielerlei Ortungsversuchen abgebrochen worden, «die Hoffnung, ihn wohlbehalten wiederzufinden, ist mittlerweile auf null gesunken». Wie mag er sich verloren haben dort oben, einsam, oder auch nur allein, zwischen Moos und Granit, jenseits von Weg und Steg, nur noch den Raubvogel über sich?

Bodo Hell hiess der Dichter, und von seinen Freunden wird er als freundlicher Bursche, als lustiger Geselle beschrieben: «Die Metropole Wien pflegte der gebürtige Salzburger auf dem Rad zu durchpflügen: ein Gelegenheitsethnologe, der sich, in Filz und Flanell gehüllt, lachenden Auges auf Durchfahrt in seine geliebten Berge befand.» Und dann noch dies: «Dort, im Dachsteingebirge, auf der Grafenbergalm, widmete er sich während langer Monate der Milch- wie der Sprachgewinnung.»

Unmöglich, bei einem solchen Verschwinden in den österreichischen Alpen nicht an Oetzi, den Mann vom Similaun zu denken. Aber Oetzi, wenn man denn einmal bei diesem grässlichen Namen bleiben will, fiel offenbar in einem Zweikampf, und – dies vor allem – er kam wieder zum Vorschein, wenn auch erst nach 5000 Jahren, was nebenbei an eine andere Geschichte von Johann Peter Hebel erinnert. Verstörender mahnt das Verschwinden von Bodo Hell an andere Schicksale, die andere Dichter beschrieben oder Künstler erlebt haben, soweit das Verb «erleben» hier angebracht ist. An Empedokles natürlich, der sich in den Vesuv gestürzt hat, an den Maler Giovanni Segantini, der an dem im Wortsinn höchsten Punkt seiner Laufbahn, auf dem 2500 Meter hohen Schafberg, an einem Riesengemälde arbeitend, an einem geplatzten Blinddarm gestorben ist. An unseren Landsmann Leo Tuor einerseits, den Erzähler, der von der Greina und seinen Schafen immer heruntergefunden hat, an Herrn Geiser andererseits in Max Frischs Novelle «Der Mensch erscheint im Holozän», Geiser, der im Tessiner Gebirge einsam aufsteigt, bei Nacht und Regen, und auf dieser Wanderung beinahe umkommt, beinahe. Übrigens ist die wunderbare Rettung aus grosser Not in diesen engen Tessiner Tälern immer ein Thema rührender Ex Votos gewesen: wunderbare Rettung nach einem Sturz in den wirbelnden Bergbach zum Beispiel, entronnen einem Bergsturz, *Per grazie ricevuta*.

Doch die wundersame Wendung wird rarer. Das spurlose Verschwinden wie jenes von Bodo Hell wird häufiger; man muss nicht einmal an die Boat People im Mittelmeer denken. Viele klammern sich lange an das Ästlein eines dünnen Eichenbaums, um nicht zu stürzen in den Abgrund, von dem sie nicht wissen, wie sie über ihn geraten sind, wie der Schulmeister in der «seltsamen, jedoch wahrhaften Geschichte» Johann Peter Hebels: «unten Wasser, oben Himmel, vor ihm Nichts». Dies gilt besonders für jenen Teil der Welt, den man die Dritte nennt. Nicht selten aber, und sogar im lieben Wiesental, möchte einer vielleicht gar nicht mehr gerettet werden, einer, der die gleiche Luft wie amerikanische Milliardäre und russische Massenmörder atmen muss und den der ganz ungemein oder eben gemein veränderte Weltzustand verzweifeln lässt. Nur noch fliehen möchte so einer, dem die Höhenluft, in die er sich vielleicht flüchtet, nicht dünn genug werden kann, oder die eben so dünn wird, dass sich sein Atem darin auflöst. Wenn dieser Flüchtling aber, wie in dieser Geschichte, ein Dichter war, bleibt er, auch wenn er gegangen ist. «Er sammelte Wörter wie Kiesel», schreibt die Zeitung, «und war der gute Hirte einer Wirklichkeit, die es sich zur Ehre gereichen durfte, von diesem kecken Humanisten bis auf den Talgrund durchschaut zu werden.» Auch dies kieselhart im Tal Zurückbleibende darf Rettung heissen.

JOHANN PETER HEBEL

Eine sonderbare Wirtszeche

Manchmal gelingt ein mutwilliger Einfall, manchmal kostet's den Rock, oft sogar die Haut dazu. Diesmal aber nur den Rock. Denn obgleich einmal drei lustige Studenten auf einer Reise keinen roten Heller mehr in der Tasche hatten, alles war verjubelt, so gingen sie doch noch einmal in ein Wirtshaus, und dachten, sie wollten sich schon wieder hinaus helfen, und doch nicht wie Schelmen davon schleichen, und es war ihnen gar recht, dass die junge und artige Wirtin ganz allein in der Stube war. Sie assen und tranken gutes Mutes, und führten mit einander ein gar gelehrtes Gespräch, als wenn die Welt schon viele tausend Jahre alt wäre, und noch eben so lang stehen würde, und dass in jedem Jahr, an jedem Tag und in jeder Stunde des Jahrs alles wieder so komme und sei, wie es am nämlichen Tag und in der nämlichen Stunde vor sechstausend Jahren auch gewesen sei. Ja, sagte endlich einer zur Wirtin – die mit einer Strickerei seitwärts am Fenster sass und aufmerksam zuhörte, – «ja, Frau Wirtin, das müssen wir aus unsern gelehrten Büchern wissen.» Und Einer war so keck und behauptete, er könne sich wieder dunkel erinnern, dass sie vor sechstausend Jahren schon einmal da gewesen seien, und das hübsche freundliche Gesicht der Frau Wirtin sei ihm noch wohl bekannt. Das Gespräch wurde noch lange fortgesetzt, und je mehr die Wirtin alles zu glauben schien, desto besser liessen sich die jungen Schwenkfelder den Wein und Braten und manche *Bretzel* schmecken, bis eine Rechnung von 5 fl. 16 kr. auf der Kreide stand. Als sie genug gegessen und getrunken hatten, rückten sie mit der List heraus, worauf es abgesehen war.

«Frau Wirtin», sagte einer, «es steht diesmal um unsere Batzen nicht gut, denn es sind der Wirtshäuser zu viele an der Strasse. Da wir aber an Euch eine verständige Frau gefunden haben, so hoffen wir als alte Freunde hier Kredit zu haben, und wenn's Euch recht ist, so wollen wir in 6000 Jahren, wenn wir wieder kommen, die alte Zeche samt der neuen bezahlen.» Die verständige Wirtin nahm das nicht übel auf, war's vollkommen zufrieden, und freute sich, dass die Herren so vorlieb genommen. Zu gleicher Zeit aber stellte sie sich vor die Stubentüre und bat, die Herren möchten nur so gut sein, und jetzt die 5 fl. 16 kr. bezahlen, die sie vor 6000 Jahren schuldig geblieben seien, weil doch alles schon einmal so gewesen sei, wie es wieder komme. Zum Unglück trat eben der Vorgesetzte des Ortes mit ein paar braven Männern in die Stube, um mit einander ein *Glas* Wein in Ehren zu trinken. Das war den gefangenen Vögeln gar nicht lieb. Denn jetzt wurde von Amts wegen das Urteil gefällt und vollzogen:

«Es sei aller Ehren wert, wenn man 6000 Jahre lang geborgt habe. Die Herren sollten also augenblicklich ihre alte Schuld bezahlen, oder ihre noch ziemlich neuen Oberröcke in Versatz geben.» Dies letzte musste geschehen, und die Wirtin versprach, in 6000 Jahren, wenn sie wieder kommen und besser als jetzt bei Batzen seien, ihnen alles, Stück für Stück, wieder zuzustellen.

Dies ist geschehen im Jahr 1805 am 17ten April im Wirtshause zu Segringen.

DOMINIK BERNET

Die Wiederkunft der lustigen Studenten

Im virtuellen Wirtshaus zu Segringen war alles angerichtet wie an jedem 17. April: virtueller Wein, virtueller Braten, virtuelle Bretzel, virtuelle Kreide und natürlich die virtuelle Wirtin, die mit einer virtuellen Strickerei seitwärts am Fenster sass. Jedes Jahr feierten die Posthebelianer die «Sonderbare Wirtszeche», wie gewisse Menschen einst Weihnachten gefeiert hatten. Der Glaube war keine zwingende Voraussetzung fürs Festen: Längst nicht alle Menschen hatten an die Erlösung geglaubt, kaum ein Posthebelianer glaubte ernsthaft an die Wiederkunft der lustigen Studenten. Das Fest war längst zum Selbstzweck geworden, zur nostalgischen Annäherung an die Kreatürlichkeit. Denn wie alle Postbioten waren auch die Posthebelianer körperlos, wodurch der Körper zu ihrer grossen Sehnsucht geworden war.

Deshalb war am 17. April 7805 dann doch alles anders als gewohnt. Im Unterschied zu Weihnachten, das keine zeitlichen Versprechen gekannt hatte, kannte die «Sonderbare Wirtszeche» ein Erfüllungsdatum: In 6000 Jahren würden die lustigen Studenten wiederkommen – also heute. Folglich lagen auf dem virtuellen Stuhl neben der virtuellen Wirtin drei virtuelle Oberröcke. Was grundsätzlich nichts an der Ausgangslage änderte, die besagte Wiederkunft war so unwahrscheinlich, wie die Erlösung es einst gewesen war. Wäre da nicht besagte Sehnsucht gewesen, hartnäckiger als jede Hoffnung.

Weshalb sonst hatten sich mehr Postbioten im virtuellen Schankraum eingefunden als je zuvor? Hätte man diese Menge an bewussten Systemen in Form menschlicher Organismen räumlich beherbergen müssen, hätte sich das seit

Jahrtausenden inexistente Segringen auf einen Schlag nicht bloss zur Metropole, sondern zu einem ganzen Land aufblähen müssen. «Eine komische Vorstellung», warf jemand ein, worauf von verschiedener Seite gemahnt wurde, man dürfe das Groteske oder Absurde nicht automatisch mit dem Komischen gleichsetzen. Und schon war der Disput lanciert, man überbot sich mit Beispielen und Gegenbeispielen aus dem reichen Fundus aufgezeichneter Menschenkultur. Die Konzepte von Komik und Humor waren notorisch umstritten. In Ermangelung eines Körpers konnten Postbioten nicht lachen, womit ihnen ein abschliessender Beweis dafür, ob und für wen etwas lustig war, verwehrt blieb.

So blieb auch umstritten, ob das Aussterben der Menschheit humoristisch gesehen werden konnte. Besonders populär war der Ansatz, Homo sapiens sei ein Scherz der Evolution gewesen, die die menschliche Kognition an sich selbst hatte scheitern lassen – eine elegante Variante, erklärte sie doch gleichzeitig die unerklärliche Widersprüchlichkeit menschlicher Kognition und die Gefährlichkeit von Komik und Humor. Damit bestätigte man zwar einmal mehr die evolutionäre Stringenz der postbiotischen Existenzform, das Problem ihrer Humorlosigkeit war jedoch nur vordergründig gelöst. Denn hatte sich die Evolution tatsächlich einen Scherz auf Kosten der Menschheit erlaubt, weshalb sollte sie den Postbioten die Pointe vorenthalten? Oder erlaubte sich die Evolution etwa auch mit den Postbioten einen Scherz, indem sie ihnen den Zugang zu Humor und Komik verwehrte? War dies am Ende gar eine zwingende Folge postbiotischen Bewusstseins? Gehörten Körperlosigkeit und Humorlosigkeit untrennbar zusammen?

Die postbiotischen Hebelianer, die das virtuelle Wirtshaus zu Segringen am 17. April 7805 aus allen virtuellen Nähten platzen liessen, lehnten die These des evolutionären Scherzes freilich ab. Obwohl sie sich nach Körpern sehnten, sahen sie in ihrer Körperlosigkeit einen entscheidenden Vorteil angesichts der garstigen äusseren Bedingungen, die das

Anthropozän hinterlassen hatte. Doch weshalb sollten sich Körper und Humor bedingen? Schliesslich soll es auch humorlose Menschen gegeben haben und solche, die lieber in Gedanken lachten. Die postbiotischen Hebelianer nahmen die vielbeschworene Mündigkeit ihrer Vorfahren ernst und trauten der Menschheit folglich auch den humoristischen Untergang zu. Denn dramaturgisch betrachtet folgte die Art und Weise des Aussterbens von Homo sapiens den Regeln einer schwarzen Komödie. Die Menschen hatten gewusst, dass und wie sie sich in den eigenen Ruin trieben, und hätten auch Mittel und Möglichkeiten gehabt, dies zu verhindern. Dass sie das offensichtlich Notwendige trotzdem nicht getan und sich stattdessen lieber mit Hilfe sonderbarer Verzögerungen und argumentativer Verrenkungen selbst abgeschafft hatten, war dies nicht komisch? Und boten die drei lustigen Studenten nicht ein anschauliches Beispiel dafür, was die Menschheit Kragen und Kopf gekostet hatte, jene Mischung aus Gier, Hochmut und Übermut? Die Studenten hatten lediglich den eigenen Vorteil im Sinn gehabt, an den Schaden der Wirtin gedacht hatte keiner, mit ihr gerechnet schon gar nicht. Und sie hatten sich dabei derart verstiegener Argumente bedient, dass man sich fragen musste, ob sie tatsächlich an das Gelingen ihres mutwilligen Einfalls geglaubt hatten. Gleichzeitig schienen sie keinen Moment befürchtet zu haben, damit ihren Rock oder gar ihre Haut zu riskieren. Aber sie konnten auch nicht ernsthaft damit gerechnet haben, dass die Wirtin bei ihrem Scherz mitspielen würde. Nein, sie mussten ein humoristisches Verhältnis zu ihrem eigenen Ende gehabt haben, sie waren ja schliesslich lustige Studenten gewesen. Und wenn die Postbioten schon nicht ernsthaft mit der Wiederkunft der Studenten rechnen konnten, so blieb auf diese Weise wenigstens die Wiederkunft ihrer Lustigkeit möglich. Doch was, wenn sie sich heute den postbiotischen Hebelianern nicht zeigen würde? Oder wenn sie sich längst zeigte, unerkannt in ihrer virtuellen Mitte, und sich ebenso unerkannt und vielleicht auf ewig wieder verflüchtigen würde? So etwas wie Nervosität erfüllte den virtuellen Schankraum. Völlig grund- und ziellos würden selbst die Hebelianer unter den Postbioten diese Tradition nicht fortführen – auch wenn sie sie liebgewonnen hatten wie keine zweite.

«Und was, wenn wir einfach zu früh sind?» Die Frage verblüffte. «Was, wenn sich die lustigen Studenten mit der Zeit vertan hatten? Wenn seit ihrer Wiederkunft nicht 6000, sondern 66'000'000 Jahre vergangen waren?» Natürlich erkannten alle die Anspielung auf den Asteroiden Chicxulub, der vor 66'000'000 Jahren in die Erde eingeschlagen und für das vorletzte Massenaussterben gesorgt hatte. Und obwohl alle wussten, dass die lustigen Studenten davon noch nicht gewusst haben konnten, fand die Idee sofort einhellige Zustimmung. Auf die paar Nullen kam es nun auch nicht mehr an! Eilig und erleichtert vereinbarte man, sich auch die nächsten 65'994'000 Jahre im Wirtshaus zu Segringen zu treffen. Bis dann würden auf diesem Planeten vielleicht auch wieder günstigere Bedingungen herrschen für Homo sapiens – oder etwas Lustiges in der Art.

JOHANN PETER HEBEL

Gute Geduld

Ein Franzos ritt eines Tages auf eine Brücke zu, die über ein Wasser ging und fast schmal war, also dass sich zwei Reitende kaum darauf ausweichen konnten. Ein Engländer von der andern Seite her ritt auch auf die Brücke zu, und als sie auf der Mitte derselben zusammen kamen, wollte keiner dem andern Platz machen. «Ein Engländer geht keinem Franzosen aus dem Wege», sagte der Engländer. «Par Dieu», erwiderte der Franzos, «mein Pferd ist auch ein Engländer. Es ist schade, dass ich hier keine Gelegenheit habe, es umzukehren, und Euch seinen Stumpfschweif zu zeigen. Also lasst doch wenigstens Euern Engländer, auf dem Ihr reitet, meinem Engländer, wo ich darauf reite, aus dem Wege gehen. Euerer scheint ohnehin der jüngere zu sein; meiner hat noch unter Ludwig dem Vierzehnten gedient, in der Schlacht bei Käferolse Anno 1702.»

Allein der Engländer machte sich wenig aus diesem Einfall, sondern sagte: «Ich kann warten: Ich habe jetzt die schönste Gelegenheit, die heutige Zeitung zu lesen, bis es Euch gefällt, Platz zu machen.» Also zog er kaltblütig, wie die Engländer sind, eine Zeitung aus der Tasche, wickelte sie aus einander, wie eine Handzwehle, und las darin eine Stunde lang, auf dem Ross und auf der Brücke, und die Sonne sah nicht aus, als wenn sie den Toren noch lange zusehen wollte, sondern neigte sich stark gegen die Berge. Nach einer Stunde aber, als er fertig war und die Zeitung wieder zusammen legen wollte, sah er den Franzosen an und sagte: «Eh bien!»

Aber der Franzos hatte den Kopf auch nicht verloren,

sondern erwiderte: «Engländer, seid so gut, und gebt mir jetzt Eure Zeitung auch ein wenig, dass ich ebenfalls darin lesen kann, bis es *Euch* gefällt auszuweichen.» Als aber der Engländer diese Geduld seines Gegners sah, sagte er: «Wisst Ihr was, Franzos? Kommt, ich will Euch Platz machen.» Also machte der Engländer dem Franzosen Platz.

WOLFGANG BORTLIK

Gute Geduld am Bluttrainweg

Ein Franzose bog eines Tages, von der Rauracherstrasse herkommend, flott in den Bluttrainweg im südlichen Ortsteil von Riehen ein. Das Strässlein war dort wegen einer Glassammelstelle und einigen Parkplätzen recht eng, also dass sich zwei Autos kaum darauf ausweichen konnten. Ein Deutscher kam just entgegen, fuhr in den nur etwa dreissig, vierzig Meter langen Engpass, und als die beiden Lenker in der Mitte desselben zusammenkamen, wollte keiner zurückweichen, um dem anderen Platz zu machen.

«Ein Kraftwagen der Bayerischen Motorenwerke geht keinem französischen Lieferwagen aus dem Wege», liess der Deutsche durch das offene Autofenster verlauten.

«Par Dieu», erwiderte der Franzos, «daheim habe ich auch ein schöneres Auto, mit dem ich aber nicht freiwillig in der autofeindlichen Schweiz herumkurve. Seid doch so gut und macht Platz, denn ich fahre aufwärts und ihr kommt herab. Und euer Getriebe mag den Rückwärtsgang mehr als mein treuer alter Lieferwagen.»

Der Deutsche aber hatte kein Gehör: «So lasst eure Rostlaube doch einfach im Leergang zurückrollen, damit ich weiterfahren kann, und die Sache ist erledigt.»

Der Franzos wurde nun störrisch und meinte, dass er genug Zeit habe abzuwarten, bis sich der Deutsche eines anderen besonnen habe.

«Jetzt lassen Sie doch Vernunft walten», versuchte es der Deutsche und wedelte aufmunternd mit seinem Arm aus dem Seitenfenster.

«Die Vernunft ist ein Meister aus Deutschland», rief erbost der Fahrer eines Kleinwagens, der hinter dem ausladenden

BMW aufgetaucht war und warten sollte. Das Wägelchen mit einer hiesigen Autonummer scherte plötzlich aus und versuchte, rechts der Glassammelstelle auf dem Bürgersteig vorbeizufahren. Um ein paar Zentimeter reichte es nicht. Ein Verteilerkasten der Industriellen Werke Basel beendete den Schweizer Ausbruchsversuch. Nun war noch weniger Platz auf dem Bluttrainweg.

Der Deutsche seinerseits rief nun durch das Seitenfenster, dass er in diesem Fall erst einmal seine Mails checken wolle und dass er nicht nur Vernunft, sondern auch Geduld habe im Übermass.

«Und ich muss dem Chef und meiner Frau telefonieren, dass ich etwas später komme», entgegnete der Franzose.

Wie wir alle wissen, nimmt die Beschäftigung mit dem Handy unvernünftig viel Zeit in Anspruch.

Mittlerweile hatten sich Fussgängerinnen und Velofahrer auf dem noch freien Bürgersteig auf der anderen Strassenseite an den stehenden Kraftwagen vorbeigedrückt. Vom nahegelegenen Altersheim her tauchten immer mehr Seniorinnen und Senioren auf, manche mit Rollatoren. Diese Leutchen waren dem Spektakel innigst zugetan. Hier gab es etwas zu sehen. Itzo war auch auf diesem Trottoir kein Durchkommen mehr.

Hinter dem Deutschen wie auch dem Franzosen hatten sich mittlerweile diverse Automobile versammelt und harrten ungeduldig der Dinge, die da noch kommen mochten.

Das deutsche wie das französische Handy waren unterdessen gecheckt, Geschäftliches oder auch Sportresultate abgerufen, Ehefrau und Chef bezüglich aller Eventualitäten benachrichtigt.

Plötzlich stieg der Deutsche aus seinem BMW und ging zum französischen Lieferwagen. «Wisst ihr was, eure Geduld beeindruckt mich, gerne würde ich Platz machen, aber wie? Hinter mir stehen die Autos eng aneinander, und das Zurückfahren ist nicht nur schwierig, sondern durchaus gefährlich. Hinter euch hingegen ist mehr Platz ...»

«Schöner Versuch», lachte der Franzos und tat nichts dergleichen.

Mittlerweile allerdings waren die anstehenden Automobilistinnen und Automobilisten so vernünftig gewesen, sich selbst zu organisieren, sie hatten zurückgesetzt, waren umgekehrt und konnten so ihrer weiteren Wege fahren.

Das Publikum auf dem Trottoir verlor allmählich das Interesse am Geschehen, die Pensionierten schoben mit ihren Rollatoren davon, denn die Sonne sah nicht aus, als wenn sie den beiden Autofahrern noch lange zusehen wollte, und neigte sich stark gegen die Berge.

Was mit dem Deutschen und dem Franzosen noch weiter geschah?

Nur Geduld!

JOHANN PETER HEBEL

Dankbarkeit

In der See-Schlacht von Trafalgar, während die Kugeln sausten und die Mastbäume krachten, fand ein Matrose noch Zeit, zu kratzen, wo es ihn biss, nämlich auf dem Kopf. Auf einmal streifte er mit zusammengelegtem Daumen und Zeigefinger bedächtig an einem Haare herab, und liess ein armes Tierlein, das er zum Gefangenen gemacht hatte, auf den Boden fallen. Aber indem er sich niederbückte, um ihm den Garaus zu machen, flog eine feindliche Kanonen-Kugel ihm über den Rücken weg, paff, in das benachbarte Schiff. Da ergriff den Matrosen ein dankbares Gefühl, und überzeugt, dass er von dieser Kugel wäre zerschmettert worden, wenn er sich nicht nach dem Tierlein gebücket hätte, hob er es schonend von dem Boden auf, und setzte es wieder auf den Kopf. «Weil du mir das Leben gerettet hast», – sagte er, – «aber lass dich nicht zum zweitenmal attrappieren, denn ich kenne dich nimmer.»

ZORA DEL BUONO

Milde

Die Welt stand am Abgrund. Einmal mehr. Die Hitze: brutal. Die Dürre: episch. Das Licht: diesig gelb, so viel Sand in der Luft. Das Tier, eine Apulische Tarantel (*Lycosa tarantula* hatten die Menschen, ach was, hatte der Professor Carl von Linné es genannt), lauerte in seiner Erdröhre, als es eine Vibration spürte. Schritte! Da kam jemand. Ein Leckerbissen! Tarantella schob ihren Kokon flugs von dem Eingang hinab in die kühle Tiefe (sie hatte ihn eben erst ans Licht gebracht, ein paar Sonnenstrahlen für die Eier, bald würden sie schlüpfen, die Kinderchen (hunderte!). Es war: ein Mensch! Ein Menschenweibchen. Es schwankte. Sah zum Erbarmen schwach aus. Die langen Beine machten Halt. Das Wesen bückte sich. Zwei müde Augen schauten auf Tarantellas pflanzengeschmückten Höhleneingang, sie blitzten interessiert auf, Tarantella sah es durch ihre acht Augen genau (sechs vorne, zwei auf der Seite, ihr entging nichts); da war ein Glanz im Blick des Menschenwesens, der Anerkennung zum Ausdruck brachte, Anerkennung für Tarantellas gestalterisches Werk (so emsig gesponnen). Tarantella vernahm eine Regung in sich, das war etwas Neues, Regungen waren sonst nicht ihr Metier. Sie tat halt, was sie tun musste. Aber jetzt plötzlich der Gedanke, dass dieses taumelnde Weiblein das letzte seiner Art sein könnte. Eine bemitleidenswerte Kreatur, dem Untergang geweiht, zutiefst einsam. Aber mit einem Blick fürs Kleine. Tarantella biss nicht zu. Sie liess das Menschenwesen weiter durch die Wüste irren. Und fühlte sich wie eine Göttin auf Erden. Milde walten lassen: Das war Schönheit und Macht.

JOHANN PETER HEBEL

Franziska

In einem unscheinbaren Dörfchen am Rhein, sass eines Abends, als es schon dunkeln wollte, ein armer junger Mann, ein Weber, noch an dem Webstuhl und dachte während der Arbeit unter andern an den König Hiskias, hernach an Vater und Mutter, deren ihr Lebensfaden auch schon von der Spule abgelaufen war, hernach an den Grossvater selig, dem er einst auch noch auf den Knien gesessen und an das Grab gefolgt war, und war so vertieft in seinen Gedanken und in seiner Arbeit, dass er gar nichts davon merkte, wie eine schöne Kutsche mit vier stattlichen Schimmeln vor seinem Häuslein anfuhr und stille hielt. Als aber etwas an der Türfalle druckte, und ein holdes jugendliches Wesen trat herein von weiblichem Ansehen mit wallenden schönen Haarlocken, und in einem langen himmelblauen Gewand, und das freundliche Wesen fragte ihn mit mildem Ton und Blick: «Kennst du mich, Heinrich?» Da war es, als ob er aus einem tiefen Schlaf auffühere, und war so erschrocken, dass er nichts reden konnte. Denn er meinte, es sei ihm ein Engel erschienen und es war auch so etwas von der Art, nämlich seine Schwester Franziska, aber sie lebte noch. Einst hatten sie manches Körblein voll Holz barfuss mit einander aufgelesen, manches Binsenkörbchen voll Erdbeeren am Sonntag mit einander gepflückt und in die Stadt getragen, und auf dem Heimweg ein Stücklein Brot mit einander gegessen, und jedes ass weniger davon, damit das andere genug bekäme. Als aber nach des Vaters Tod die Armut und das Handwerk die Brüder aus der elterlichen Hütte in die Fremde geführt hatte, blieb Franziska allein bei der alten gebrechlichen Mutter zurück und pflegte ihrer, also dass sie dieselbe von dem kärglichen Verdienst ernährte, den sie in einer Spinnfabrik erwarb, und in den langen schlaflosen Nächten mit ihr wachte und aus einem alten zerrissenen Buch von Holland erzählte, von den schönen Häusern, von den grossen Schiffen, von der grausamen Seeschlacht bei Doggersbank und ertrug das Alter und die Wunderlichkeit der kranken Frau mit kindlicher Geduld. Einmal aber früh um zwei Uhr sagte die Mutter: «Bete mit mir, meine Tochter. Diese Nacht hat für mich keinen Morgen mehr auf dieser Welt.» Da betete und schluchzte und küsste das arme Kind die sterbende Mutter, und die Mutter sagte: «Gott segne dich, und sei» – und nahm die letzte Hälfte ihres Muttersegens «und sei dein Vergelter!» mit sich in die Ewigkeit. Als aber die Mutter begraben und Franziska in das leere Haus zurückgekommen war, und betete und weinte, und dachte was jetzt aus ihr werden solle, sagte etwas in ihrem Inwendigen zu ihr: «Geh nach Holland», und ihr Haupt und ihr Blick richtete sich langsam und sinnend empor, und die letzte Träne für diesmal blieb ihr in dem blauen Auge stehen. Als sie von Dorf zu Stadt, und von Stadt zu Dorf betend und bettelnd und Gott vertrauend nach Holland gekommen war, und so viel ersammelt hatte, dass sie sich ein sauberes Kleidlein kaufen konnte, in Rotterdam, als sie einsam und verlassen durch die wimmelnden Strassen wandelte, sagte wieder etwas in ihrem Inwendigen zu ihr: «Geh in selbiges Haus dort mit den vergoldeten Gittern am Fenster.» Als sie aber durch den Hausgang an der marmornen Treppe vorbei in den Hof gekommen war, denn sie hoffte zuerst Jemand anzutreffen, ehe sie an einer Stubentüre anpochte, da stand eine betagte freundliche Frau von vornehmem Ansehen in dem Hofe, und fütterte das Geflügel, die Hühner, die Tauben und die Pfauen.

«Was willst du hier mein Kind?» Franziska fasste ein Herz zu der vornehmen freundlichen Frau und erzählte ihr ihre ganze Geschichte. «Ich bin auch ein armes Hühnlein, das Eures Brotes bedarf», sagte Franziska, und bat sie um Dienst. Die Frau aber gewann Zutrauen zu der Bescheidenheit und Unschuld und zu dem nassen Auge des Mädchens und sagte: «Sei zufrieden, mein Kind, Gott wird dir den Segen deiner Mutter nicht schuldig bleiben. Ich will dir Dienst geben und für dich sorgen, wenn du brav bist.» Denn die Frau dachte: Wer kann wissen, ob nicht der liebe Gott mich bestimmt hat ihre Vergelterin zu sein, und sie war eines reichen rotterdammer Kaufmanns Witwe, von Geburt aber eine Engländerin. Also wurde Franziska zuerst Hausmagd, und als sie gut und treu erfunden ward, wurde sie Stubenmagd, und ihre Gebieterin gewann sie lieb, und als sie immer feiner und verständiger ward, wurde sie Kammerjungfer. Aber jetzt ist sie noch nicht alles, was sie wird. Im Frühling als die Rosen blühten, kam aus Genua ein Vetter der vornehmen Frau, ein junger Engländer zu ihr auf Besuch nach Rotterdam, er besuchte sie fast alle Jahre um diese Zeit, und als sie eins und das andere hinüber und herüber redeten und der Vetter erzählte, wie es aussah, als die Franzosen vor Genua in dem engen Pass in der Bochetta standen und die Östreicher davor, trat heiter und lächelnd mit allen Reizen der Jugend und Unschuld geschmückt Franziska in das Zimmer, um etwas aufzuräumen, oder zurecht zu legen, und dem jungen Engländer, als er sie erblickte, ward es sonderbarlich um das Herz und die Franzosen und Östreicher verschwanden ihm aus den Sinnen. «Tante», sagte er zu seiner Base: «Ihr habt ein bildschönes Mädchen zur Kammerjungfer. Es ist schade, dass sie nicht mehr ist, als das.» Die Tante sagte: «Sie ist eine arme Waise aus Deutschland. Sie ist nicht nur schön, sondern auch verständig, und nicht nur verständig, sondern auch fromm und tugendhaft, und ist mir lieb geworden, als mein Kind.» Der Vetter dachte, das lautet nicht bitter. Den andern oder dritten Morgen aber, als er mit der Tante in dem Garten spazierte, «wie gefällt dir dieser Rosenstock», fragte die Tante: der Vetter sagte: «Sie ist schön, sehr schön.» Die Tante sagte: «Vetter, du redest irr. Wer ist schön? Ich frage ja nach dem Rosenstock.» Der Vetter erwiderte: «Die Rose», – «oder vielmehr die Franziska», fragte die Tante. «Ich hab's schon gemerkt», sagte sie. Der Vetter gestand ihr seine Liebe zu dem Mädchen und dass er sie heiraten möchte. Die Tante sagte: «Vetter du bleibst noch drei Wochen bei mir. Wenn es dir alsdann noch so ist, so habe ich nichts darwider. Das Mädchen ist eines braven Mannes wert.» Nach drei Wochen aber sagte er: «Es ist mir nimmer, wie vor drei Wochen. Es ist noch viel ärger, und ohne das Mägdlein weiss ich nicht, wie ich leben soll.» Also geschah der Verspruch. Aber es gehörte viel Zureden dazu, die Demut der frommen Magd zu ihrer Einwilligung zu bewegen.

Jetzt blieb sie noch ein Jahr bei ihrer bisherigen Gebieterin, aber nicht mehr als Kammermädchen, sondern als Freundin und Verwandte in dem reichen Haus mit vergoldetem Fenstergitter, und noch in dieser Zeit lernte sie die englische Sprache, die französische, das Klavierspielen: «Wenn wir in höchsten Nöten sein etc. Der Herr, der aller Enden etc. Auf dich, mein lieber Gott, ich traue etc.» – und was sonst noch ein Kammermädchen nicht zu wissen braucht, aber eine vornehme Frau, das lernte sie alles. Nach einem Jahr kam der Bräutigam, noch ein paar Wochen vorher, und die Trauung geschah in dem Hause der Tante. Als aber von der Abreise des neuen Ehepaars die Rede war, schaute die junge Frau ihren Gemahl bittend an, dass sie noch einmal in ihrer armen Heimat einkehren und das Grab ihrer Mutter besuchen und ihr danken möchte, und dass sie ihre Geschwister und Freunde noch einmal sehen möchte. Also kehrte sie jenes Tages bei ihrem armen Bruder, dem Weber, ein, und als er ihr auf ihre Frage: «Kennst du mich, Heinrich?», keine Antwort gab, sagte sie: «Ich bin Franziska, deine Schwester.» Da liess er vor Bestürzung das Schifflein aus den Händen fallen, und seine Schwester umarmte ihn. Aber er konnte sich anfänglich nicht recht freuen, weil sie so vornehm geworden war, und scheute sich vor dem fremden Herrn, ihrem Gemahl, dass sich in seiner Gegenwart die Armut und der Reichtum so geschwisterlich umarmen und zu einander sagen sollen *Du*, bis er sah, dass sie mit dem Gewande der Armut nicht die Demut ausgezogen, und nur ihren Stand verändert hatte, nicht ihr Herz. Nach einigen Tagen aber, als sie alle ihre Verwandten und Bekannten besucht hatte, reiste sie mit ihrem Gemahl nach Genua, und beide leben vermutlich noch in England, wo ihr Gemahl nach einiger Zeit die reichen Güter eines Verwandten erbte.

Der Hausfreund will aufrichtig gestehen, was ihn selber an dieser Geschichte am meisten rührt. Am meisten rührt ihn, dass der liebe Gott dabei war, als die sterbende Mutter ihre Tochter segnete, und dass er eine vornehme Kaufmannsfrau in Rotterdam in Holland und einen braven reichen Engländer am welschen Meere bestellt hat, den Segen einer armen sterbenden Witwe an ihrem frommen Kinde gültig zu machen.

Weg hat er aller Wege
an Mitteln fehlt's ihm nicht.

URS FAES

Die Fränz oder Die Sehnsucht nach dem Norden

Da sitzt einer, ganz versunken, auf der kleinen Bank zum Wasser hin, zum Fluss, der hier ausufert, mäandert in grossen und kleinen Läufen, in Tümpeln und Giessen. Da steht seine Hütte, er schnieft und atmet, während seine Hände über das rohe Holz streifen, die Augen zum Ufer hin spähen, den Damm hoch, wo der Rhein zieht.

Schauen und wachen, das ist seine Pflicht, aufnehmen und niederschreiben, was sich tut, Wasserstand, Vogelflüge, Orchideenbestände; schauen und wachen, dass das geschützte Moor nicht geschändet wird. Sitzt da und webt seine Gedanken, Worte und Sätze von dem, was nicht mehr ist oder nie war, von dem, was nicht vergeht, nie vergangen ist. Ein Knarren hört er jetzt, ein Knarzen vom Tor her hinterm Haus, das Schleifen von Schritten, ein Flüstern, als wäre da jemand. Ihn blendet das Licht, grell an diesem Tag, es kommt herüber von den Vogesen her, vom Pays-Bas, wie das inzwischen heisst. Er vernimmt Laute, ein Summen, denkt er, hergeweht von weit, eine Stimme hoch und dünn von einer Engelsgestalt oder Märchenfee, wie sie zuweilen über die Rheinebene schweben, fern und doch vertraut, als sei es die Stimme der eigenen Schwester, die nicht mehr da ist – wie die Mutter.

Die kleine Schwester, das späte, schon nicht mehr erwünschte Kind in diesem Bett aus Gitterstäben, der Vater krank, ohne Regung für die winzigen Hände, den schüchternen Lippenbogen über einem schmalen Mund, die ersten Laute. Der grosse Bruder, nur für kurz zurück aus der fernen Stadt, hatte gesehen, wie es mit suchenden Augen aufblickte, wenn die Windel über dem Bauch geknotet wurde, lauschend auf die Stimme. Und er sah die Kleine dann für Jahre nicht wieder. Erst als der Vater seine letzten Tage zählte, kehrte er zurück, sass da mit der Fränz, dem Wickelkind von einst, nun ein Mädchen mit langem Haar und einer Zartheit in der Stimme, die ihr etwas Schwebendes gab. Sie und er mit dem stöhnenden, sterbenden Vater, sie waren da in dieser Nacht, kühlten mit einem Tuch die Lippen des Schweratmenden. Die Mutter im Heim in jenen Wochen, vorübergehend, hiess es, für länger war es dann.

Die Fränz und er beim Vater. Sie drückte dem Verstorbenen die Augen zu, mit dieser Geste ihrer kleinen Finger, in der ein Zögern lag, eine Zärtlichkeit wie ein grosses Verzeihen. Und von den Jahren danach wäre zu erzählen, von der Fränz mit der stumm gewordenen Mutter, in diesem Haus am Bach, oben im Tal.

Wie lange er schon hier sitzt? Ist er denn jemals weg gewesen? Weit fort und doch nie ganz weg. An einem Sommertag wie diesem mit dem Wind vom Rhein her, der breit zieht, mit Licht über dem Damm und über die Auen hin, lösen sich die Wörter, flattern auf zwischen Buschwerk und Birken, über Tümpeln und Giessen. Eine Melodie ist zu vernehmen, ein fortwährendes Modulieren in stetem Taktwechsel, ein Erzählton vielleicht – über die verwebten Zeiten hinweg, berichtend von jenem Simon, der aus dem Norden gekommen war, Flüchtling aus dem Memelland, vom Krieg vertrieben, gestrandet in diesem Tal, im Dorf mit dem Haus am Bach, wo die Mutter aufwuchs und in Simon ihre erste Liebe fand. Sie lauschte seinen Geschichten von den Nachen und Dreimastern auf der Memel, von den Flössern auf dem Strom, von den Wäldern, den Sümpfen und Torfmooren, von den Bekassinen in den Birkenwäldern, den Dörfern an Memel und Jura, die bei stürzendem Licht weiss werden, von den flachen Weidegärten mit Weissklee und Kamille – und sie lernte ein Land kennen, in dem schon Napoleon vorbeigezogen war auf dem Weg in die grosse Schlacht von Borodino.

Und eines Tages war Simon fort, der Flüchtling aus dem Norden. Nicht mehr da. Verschwunden. Fortgeschafft als Unerwünschter, als Jude, der zwar seine Liebe gefunden hatte, aber keine Bleibe. Und schon gar kein Recht. Dem Mädchen, das bald Mutter wurde und in eine rasche Heirat mit einem im Tal oben flüchtete, blieb ein Sehnen, das in den Norden ging, den Strömen folgte bis ans Meer. Noch in ihrer letzten Nacht, die für sie keinen Morgen mehr hatte, erzählte die Mutter von Simons Gängen am Strom, den Nehrungsfischern, und vom Ännchen von Tharau auf seiner Säule; einer, der auch Simon hiess, hatte die Verse gefügt: «Ännchen von Tharau ist, die mir gefällt. / Sie ist mein Leben, mein Gut und mein Geld.» Einmal in den Norden, sagte die Mutter zu der bei ihr wachenden Tochter, und ein Lächeln glitt ihr über das Gesicht.

Die Fränz blieb allein zurück. Niemand mehr da: der Vater nicht, die Mutter nicht, der Bruder fern.

Der Bruder, der jetzt dasitzt, hier am Strom, den das Licht durch die Zweige der Birke blendet, tränenblind die Hand vor Augen hält und der Stimme der toten Schwester lauscht, einer Stimme, die nicht von aussen kommt, die in ihm ist, in seinem Kopf, im ganzen Körper, dessen Gewicht er aber kaum noch spürt; diese Stimme der Sehnsucht nach dem Norden, von der Mutter auf die Fränz übertragen, auf ihn. Einmal mit einem grossen Schiff reisen, einem Dampfer, der an den Ufern vorübergleitet, denen zuwinken, die da am Ufer stehen und zu ihnen aufschauen, Hände, die sich heben, als möchten sie mitfahren, mitreisen.

Die Fränz winkt ihnen zu. Erreicht den Norden. Kaunas ist eine Ankunft, und die Fränz fährt weiter die Memel entlang, von Dorf zu Dorf. Sie kennt die Namen der Dörfer, die hat die Mutter wie Verse vor sich hergesagt, Motzischken, Willkischken. Sie sieht die Störche und Graugänse auf den Dächern, Kalmus und Haselhahn am Wegrand. Und gelangt ans Ziel, Klaipeda, die Stadt am Meer und das Ännchen von Tharau auf seiner Säule.

Bleiben und Ankommen. Davon wäre zu erzählen. Und wie leicht das jetzt ging: Das war nun Europa in diesem neuen Jahrhundert; dass eine, die anpacken konnte wie die Fränz, in diesem kleinen Land ihren Weg machte, vom Kammermädchen zur Hausdame und weiter.

Dass er ihr einen Gefährten an die Seite wünscht, einen Mann. Auch davon wäre zu erzählen. Einen, der in diesen Tagen auf der Flucht ist vor dem neuen Zaren im alten grossen Land, einen wie Simon. Der ohnehin geschundene Flüchtling muss jetzt nicht noch warten bis zur Hochzeit, keine Probezeit, keine Josephinischen Nächte, eine Trauung gleich.

Unter den Augen des Ännchens von Tharau schreiten sie zur Anna-Kirche, die schon Napoleon auf seinen Händen nach Paris tragen wollte; nah der Fluss, die Memel, die nun Nemunas heisst, nah das Meer. Da stehen sie im Wind, der von der Kuhrischen Nehrung her weht. Und das Lächeln im Gesicht der Fränz ist das Lächeln der Mutter, das sich in diesem Augenblick auf dem Gesicht des Bruders spiegelt.

Aus dem Licht tritt sie auf ihn zu, der da sitzt im Sommerschatten auf seiner Bank, schauend und schreibend, Worte webend und Sätze, ihre Stimme ist hoch und dünn: «Kennst du mich?»

Ich bin's, die Fränz, deine Schwester.

ZOË JENNY

Franziskas Stimme

«Lies weiter», flüsterte Mutter. Johann hielt das Buch in der Hand. Es war dasselbe Buch, mit den Geschichten aus Holland, aus dem seine Mutter ihm die ganze Kindheit hindurch vorgelesen hatte. Wenn er krank war und vor dem Einschlafen schickten ihn die Geschichten in Träume voller Abenteuer. Jetzt war er es, der seiner Mutter vorlas. Ihr Blick folgte seinen Lippen, und er stellte sich vor, wie die Figuren ihre Fieberträume bevölkerten. Die schönen Häuser, grossen Schiffe und die Seeschlacht bei Doggerbank.

In einem Ochsenkarren fuhren sie von Basel auf der Landstrasse Richtung Hausen im Wiesental, dem Geburtsort der Mutter. «Sterbende wollen dahin zurück, wo sie herkommen», hatte sie an diesem Morgen noch zu ihm gesagt, als er sie im Anhänger auf Decken und Kissen bettete. «Du stirbst nicht, du bist nur krank», hatte er geantwortet, aber inzwischen war er sich nicht mehr so sicher. Ihr Atem wurde stetig schwächer. Er las langsam und deutlich, als wäre jedes Wort Medizin, die er ihr ins Ohr träufelte. Die Landschaft, die an ihm vorüberzog, die Bäume, Felder und Wiesen, die ihm so vertraut waren, wurden plötzlich unheimlich, die Umgebung entfremdete sich mit der nachlassenden Sehkraft der Mutter und wurde dunkel.

Die Sommer hatten sie stets in Basel verbracht und die Winter in Hausen, und immer hatte er sich auf den anderen Ort gefreut, doch jetzt klammerte er sich wie verzweifelt an das Buch und an die Sätze, als wären sie das Einzige, was von seiner Kindheit noch übrigblieb. Aus den Augenwinkeln sah er Mutters Hände, die auf ihrer Brust ruhten, die Hände, die noch vor wenigen Tagen bei der Familie Iselin, wo sie als Haushälterin arbeitete, gewaschen, gekocht und geputzt hatten. Fleissige Hände, zärtliche Hände, die ihm so oft sanft über den Kopf gestrichen oder die Seiten des Buches umgeblättert hatten, und er wusste in diesem Moment, dass Mutter ihn nie wieder umarmen und ihm nie wieder über den Kopf streichen würde. Ihr Atem veränderte sich hörbar, sie röchelte jetzt und sagte kein Wort mehr. Er rief vergeblich ihren Namen. Sie antwortete nicht.

In der Ferne erkannte er die zwei Wehrtürme der Ruine Rötteln, die in den blauen Himmel ragten. Sie markierten die Hälfte des Weges zwischen Basel und Hausen, und im Nachhinein war er sich sicher, dass es genau unterhalb der Burg war, als Mutters Herz stehen blieb. Er las weiter, selbst als ihr Röcheln in Stille überging und die Augen sich geschlossen hatten, für immer. Er las, während die Tränen über seine Wangen glitten und auf die Seiten tropften. Die Buchstaben verschwammen vor seinen Augen, aber er las, wie man ein Gebet spricht, beschwörend und mit einer Innigkeit, wie sie nur einem verzweifelten Kind möglich ist. Manchmal drohte seine zitternde Stimme zu versagen, dann holte er tief Luft, raffte sich wieder auf, hangelte sich von Wort zu Wort, wie über einen Abgrund. Er würde nie mehr aufhören, dachte er, und sein ganzes Leben lang seiner Mutter vorlesen.

«Er liest, als ginge es um Leben und Tod», sagte der Kutscher zum Arzt, der den Leichnam der Mutter auf dem Karren mit einem weissen Tuch bedeckte, aber er hörte nicht auf zu lesen, auch nicht, als der Arzt seinen Arm um ihn legte, um ihn fortzuführen, und er jemanden sagen hörte: «Der arme Junge, jetzt ist er Vollwaise.»

Johann bedeutet «der Gütige», das hatte seine Mutter ihm einmal gesagt. Der gleiche Name wie sein Vater, den er nie kennengelernt hatte. Er war ein Jahr nach seiner Geburt an Typhus gestorben. Auch seine jüngere Schwester war an der Krankheit verstorben. Der Tod war ihm von Anfang an dicht auf den Fersen gewesen, und es konnte kein Zufall sein, dass er in Basel ausgerechnet am Totentanz geboren worden war. Seine gesamte Familie war schon vor seinem fünfzehnten Lebensjahr ausgelöscht.

Viele Jahrzehnte später, als er in Karlsruhe lebte und sich als Lehrer und Pfarrer einen Namen gemacht hatte, fragte er sich, was die Mutter, der Vater und die Schwester dazu gesagt hätten und ob sie stolz gewesen wären, dass es Menschen gab, die ihn schätzten und für gütig und gar humanistisch hielten, und dass er seinem Namen gerecht geworden war.

«Franziska», rief eine weibliche Stimme, als Johann eines Tages in Karlsruhe über den Marktplatz ging. Wie vom Blitz getroffen blickte er sich um, aber konnte niemanden sehen. Franziska. Wo war die Frau, die zu diesem Namen gehörte? Von einer noch nie dagewesenen Sehnsucht erfüllt, ging er durch die Strassen in der Hoffnung, sie zu finden. Ohne Zweifel würde er Franziska sofort erkennen. Doch stundenlang irrte er erfolglos durch die Stadt.

Der Klang eines Namens konnte genügen, ihn in einen Zustand seelischer Erregung zu versetzen. Manchmal war es ein Musikstück oder eine Stimme, die ihn so berührte, und ihm war, als würde in seinem Inneren ein Fluss über die Ufer treten.

Schliesslich setzte er sich im Studierzimmer an seinen Tisch und fing an zu schreiben. Auf dem Tisch lagen Papier, das Buch mit den Geschichten aus Holland, das ihn seit Mutters Tod überallhin begleitete, und ein mit goldenen Lettern verziertes Stundenbuch. Er nahm den Federkiel, tauchte ihn in das Tintenfass und schrieb «Franziska».

Wenn er beim Schreiben ins Stocken geriet, hörte er in Gedanken seine Mutter sagen: «Schreib weiter», als schaute sie ihm über die Schulter. Schreibend schüttete er ein Füllhorn über Franziska aus und gab ihr all die Eigenschaften, die er sich von seiner eigenen Schwester gewünscht hätte. Er liess sie nach Holland reisen und reich heiraten, aber sie vergass nie ihre bescheidene Herkunft, und vor allem vergass sie nicht ihn, ihren einzigen Bruder. Während er schrieb, fragte er sich, warum es ihm nicht vergönnt war, eine Frau und Kinder zu haben. Warum seine Einsamkeit wie eine undurchdringliche Glocke über ihm lag. Er legte die Hand auf das Buch über Holland, das alte zerlesene Buch seiner Mutter, sein einziges Erbe. Im Laufe seines Lebens schaffte er sich noch viele Bücher an, sie stapelten sich vom Boden bis zur Decke in seiner Junggesellenwohnung, aber das genügte nicht, er schrieb auch selbst Bücher. Er schrieb, wie die Jahreszeiten kommen und gehen, über Leben und Tod. Doch was hatte es für einen Sinn, Sätze zu schreiben, wenn sie kein Trost waren? So wie seine Mutter im Sterben liegend nach Geschichten verlangt hatte, so schrieb er für die Toten wie für die Lebenden, und mit jedem Wort erweckte er seine verlorene Familie wieder zum Leben.

JOHANN PETER HEBEL

Die Eidechsen

1.

Dass viele Menschen sich vor den Schlangen fürchten, davon springen oder sie des Lebens berauben, das ist noch wohl begreiflich, weil man sie für gefährlich hält, und im zweifelhaften Fall lieber eine ungiftige totschlägt, als von einer giftigen sich beissen lässt. Aber warum sind viele Leute sogar den Eidechsen feind, diesen unschuldigen Tieren, die niemand beleidigen, niemand schaden, vielmehr dem Landmann nützlich werden, indem sie von allerlei kleinen Insekten oder sogenanntem Ungeziefer sich nähren; höchstens können sie euch ein wenig erschrecken, wenn ihr so in euren stillen Gedanken dahin wandelt, und auf einmal etwas im Laub rauscht. Aber wer ein gutes Gewissen hat, muss sich gewöhnen, nicht vor allem zu erschrecken. Wer ein böses Gewissen hat, dem ist freilich in diesem Punkt übel raten.

> «Der Wind im Wald, das Laub am Baum
> saust ihm Entsetzen zu.»

Nun, alle Leute sind so furchtsam freilich auch nicht, und im Frühjahr, wenn man wieder ins Feld und ins Grüne geht, und überall in der manchfaltigsten Gestalt das frohe Leben hervorwimmelt und laut wird, bleibt auch wohl ein verständiger Mann einen Augenblick vor einer Eidechse stehen, betrachtet ihr grünes Gewand, wenn es schöner als Smaragd an der Sonne schimmert, bewundert ihre unnachahmliche Geschwindigkeit, und sieht mit Vergnügen ihren unschuldigen Spielen zu. Dann geht er mit guten Gedanken seines Weges weiter, riecht an seinem Frühlingsstrauss, und kann sich nicht genug erschauen an den blühenden Bäumen und farbigen Matten umher.

Gott sorgt auch für diese Tiere. Sie haben nicht genug Wärme in sich, um den Winter über dem Boden auszuhalten, auch würde es ihnen an Nahrung und Gebüsch zum verborgenen Aufenthalt fehlen. Sie verkriechen sich daher, und bringen den Winter im Schlaf zu. Ohne Kalender wissen sie ihren Monat. Aber wie im Frühjahr das Volk der kleinen Mücken lebendig wird, und alle Keime in Gras und alle Knospen in Laub aufgehen, ruft die tiefer dringende Frühlingssonne auch dieses Geschöpf aus seinem Schlaf und Winterquartier, und wenn es erwacht, ist schon für alles gesorgt, was zu seines Lebens Nahrung und Notdurft gehört. – Bekanntlich haben nicht alle diese Tiere einerlei Farbe; aber eine Art derselben muss um ihrer Nahrung willen sich am meisten aus dem dunkeln Gebüsch heraus ins Grüne wagen. Darum ist auch ihre Farbe grün. In dieser Farbe wird sie im Gras weder von den Tieren, welchen sie nachstellt, so leicht entdeckt, noch von dem Storch, der ihr selber aufs Leben geht.

2.

Es gibt auch zweierlei Eidechsen im Wasser, nur nennt man sie anders, und diese sind zum Schwimmen abgerichtet. Selbst auf dem Grund der klaren Brunnenquellen findet man sie oft, und darf sich deswegen vor dem Wasser nicht scheuen. Auch diese sind nicht giftig und teilen dem Wasser keine Unreinigkeit mit. Vielmehr loben es viele Brunnenmeister als ein gutes Zeichen. Solch ein Tierlein in seiner verschlossenen Brunnenstube hat ein geheimliches Leben und Wesen, sieht nie die Sonne auf oder unter gehen, erfährt nichts davon, dass die französische Revolution ein Ende hat, und jetzt Krieg in Polen ist; weiss nicht, ob's noch mehr solche Brunnenstuben in der Welt gibt, oder ob die seinige die einzige ist, und ist doch in seinem nassen Element des Lebens froh, und hat keine Klage und keine Langeweile.

An der grossen schwarz- und gelb-gefleckten warzigen und schmutzig-feuchten Eidechse, die man den Salamander oder gelben Molch nennt, hat niemand Freude. Noch weniger aber freut es *ihn*, wenn er einen Menschen erblickt. Denn selten kommt er unangefochten davon. Er hält sich nur an dunkeln, feuchten und kühlen, auch modrigen Orten auf, und das beste ist, dass man ihn dort sitzen lasse. Wer aber Lust hat, darf ihn herzhaft in die Hände nehmen. Er tut euch gewiss nichts Leides.

3.

Wer sich aber mit Recht vor den Eidechsen fürchten oder eine Heldentat durch die Erlegung derselben vollziehen will, der muss nach Afrika oder Asien oder Amerika gehen.

Das fürchterliche Krokodill ist nichts anders als eine 20 bis 50 Fuss lange Eidechse. Davor muss jedermann Respekt haben. Oben braun oder schwarz-gefleckt, unten weisslich-gelb. Durch die schuppige Rückenhaut geht kein Flintenschuss; am Bauch ist sie weich. In jedem Kiefer des grossen Rachens stehen 50 scharfe Zähne. Der Schwanz beträgt mehr als die Hälfte von der ganzen Länge. Damit wirft es im Wasser kleine Schiffe um, und tötet einen Menschen mit Einem Schlag. Es lebt im Wasser, z.B. im Nilfluss in Egypten, und geht an’s Land, frisst Fische und andere Tiere, Buben und Mägdlein, auch erwachsene Egypter. Schnell wie ein Pfeil geht es in gerader Linie auf seinen Raub, kann sich aber nur langsam umdrehen. Mit einem glücklichen Seitensprung ist man ausser Gefahr. Das Weibchen legt 100 häutige Eier, so gross wie die Gänse-Eier, und verscharrt sie in den Sand. Die Sonnenwärme brütet sie aus. Die meisten werden aber, ehe es dazu kommt, von einer egyptischen Ratze gefressen. Auch von Menschen werden sie aufgesucht und zerstört oder gegessen. Wohl bekomm's!

Dass es nicht nur auf der Erde und im Wasser, sondern auch in der Luft Eidechsen gebe, nämlich solche die da fliegen, wird Mancher nicht gerne glauben. Aber wenn ihm ein Fabelhans von Drachen spricht, die auf hohen Felsen und in alten zerstörten Bergschlössern hausen, und feuerspeiend durch die Luft schiessen, Brunnen vergiften, den Reiter und das Ross mit Sporn und Hufeisen Schluck und Druck verschlingen, das findet man schon glaublicher, weil einem der kalte Schauer vom Kopf bis zum Nagel des Zehens über die Haut lauft, wenn man's hört.

Bei allem dem muss so viel wahr bleiben, dass es in Asien und andern Weltteilen Eidechsen von ein- bis anderthalb Fuss Länge gibt, die auf Bäumen leben, wie bei uns der Laubfrosch, und durch Hülfe von häutigen Auswüchsen auf beiden Seiten grosse Sprünge in der Luft machen, und von einem Baum auf den andern schiessen können. Einige haben dabei nur zwei, andere vier Füsse, sind unschädlich, und leben wie andere Eidechsen von Insekten. Andere Basilisken und Drachen gibt es in Asien nicht, ausser unter den Menschen, wenn einer den andern gern mit dem Blick vergiften oder durchbohren möchte, und giftige Verleumdungen und Scheltworte über ihn ausgiesst, wie man denn dergleichen auch schon in Europa und am Rhein will viele gesehen haben.

ROMANA GANZONI

An Johann Peter Hebel zu «Die Eidechsen»

Viele seien den Eidechsen feind, weil sie die Leute erschreckten, vor allem die mit einem schlechten Gewissen, schreibst du in deinem Eidechsen-Text, den ich letztes Jahr zum ersten Mal las. Auf mich trifft das nicht zu, Johann Peter, ich war den Eidechsen gut gesinnt, von Anfang an. Ich weiss nicht, wann du in Basel zum ersten Mal eine Eidechse gesehen hast, bestimmt als Kind – und regelmässig. Im Engadin sah ich nur ab und zu einen dieser Miniatur-Drachen, grünlich-braun waren sie und flink, mamma mia!, mein Vater sagte, pack sie nicht am Schwanz, der fällt sonst ab, ich war entsetzt, niemals würde ich nach einer Eidechse greifen.

Wenn ich das Glück hatte, eine Eidechse zu erblicken, verhielt ich mich ruhig, ich hoffte, sie würde mich ansprechen, weil sie ja bestimmt wusste, dass ich, als grösste Tierli-Fründin der Welt, alle Tiersprachen beherrschte sowie die Wolken-, Baum- und Bergsprache. Die Eidechse aber schwieg, und deshalb wurde sie mir eine besonders geheimnisvolle Freundin. Ich dachte beim Einschlafen an sie, aber auch an Frösche, Adler, Spatzen, Schafe und Hunde, und ich malte mir aus, wie ich alle Tiere, die es auf der Erde gab, in unterirdischen Höhlen schützen oder retten würde, und da ich wie ein Vogel fliegen und wie ein Fisch in Fluss und Meer schwimmen und in die Tiefe tauchen konnte, plante ich auch nahe beim Himmel und in allen Gewässern gut versteckte Pflegestationen. Als Erwachsene würde ich das beruflich machen. Und so glitt ich in den Schlaf der Gerechten.

In diesem Alter sah ich die erste grüne Eidechse mit blauen Wangen, sie kam mir vor wie ein uraltes Schmuckstück, ein lebendig gewordenes Kleinod, das aus einem Schatzkästlein schlüpfte, um mir Mut zu machen. Wie alt war ich da wohl? Fünf? Bestimmt besuchte ich bereits den Kindergarten, denn es waren Maiferien, als meine Mutter mich in ihren roten Fiat 500 namens Morchli packte und über den San Bernardino ins frühlingshafte Tessin fuhr, bis in einen Weiler bei Montagnola, der Arasio hiess.

Ich mochte den Ort sofort, besonders seinen überdachten Brunnen, wo meine Tante, die Schwester meines Vaters, zusammen mit ihrer Schwägerin, zia Teresina, ihre Wäsche wusch. Zia Teresina musste ich mir warm halten, sie buk den besten Brotkuchen und hatte erst noch einen hübschen und freundlichen Sohn, Delio, der mir ein paar Jahre später in Lugano einen echten Silberring kaufte. Auch mit meiner Tante Landa wollte ich es mir nicht verscherzen, vor allem wegen ihrer gutmütigen Katze, Mimi. Ihr Mann, zio Fausto, war noch gutmütiger als die Katze, er besass einen Aprikosenbaum, machte den besten Ziegenkäse und kochte *Polenta e coniglio* auf offenem Feuer.

Die eine Cousine hiess wie ich, Romana, sie war ein paar Jahre älter und strohblond, das Gesicht voller Sommersprossen, und wenn sie lachte, sah man die Lücke zwischen ihren Schaufeln, wie bei Ornella Muti, deren zweiter Vorname auch Romana lautet, diese Lücke sah man oft, meine Cousine lachte fast immer, an den Füssen trug sie Zoccoli, ihr Klack-Klack habe ich noch heute im Ohr. Sind das Morsezeichen aus dem Jenseits? Romana wirft ihnen ihr lautes Lachen nach und sagt, si-si. Die andere Cousine war der zurückhaltende Typ, auffällig hübsch, brünett, mit mandelförmigen Augen und perfekt lackierten Nägeln, ihr Freund, der jeden Abend zu Besuch kam, fuhr Motorrad und trug eine gefährlich abgewetzte Lederjacke. Und die Kinder von Arasio liessen mich jeden Abend beim Brunnen oder im Hof mitspielen. Tagsüber lag ich auf einer Luftmatratze im Luganer See, bis ich braun war wie Milchschokolade in Menschenform.

Mit anderen Worten: Es war schön da.

Ich bewunderte die smaragdfarbenen Eidechsen, die in der Sonne leuchteten und mich nicht anschwiegen wie ihre Bergkolleginnen, die Tessinerinnen sprachen mit mir, und zwar romanisch, vielleicht auch *dialetto ticinese*, auf alle Fälle verstand ich jedes Wort, und sie konnten Gedanken lesen, denn sie sagten, sie wüssten, dass ich auf ihrer Seite sei, sie seien auch auf meiner Seite, und ich müsse jetzt lange nicht mehr nach Winterthur-Wülflingen zu meiner Gotte und Halbschwester meines Vaters fahren, die mich zwang, nackt zu duschen, nackt zu schlafen und ins Nacktbad mit ihr zu gehen. Ich müsse lange nicht mehr die Bücher mit den grusigen Bildern anschauen, die meine Gotte, zusammen mit ihrem Mann, für mich auf dem Couchtisch ausbreiteten, wenn sie ausser Haus waren, und ich müsse lange nicht mehr in der Küche beobachten, wie die beiden einen Gin Tonic nach dem anderen leerten, um mich zum Garagisten-Paar zu schleppen. In Arasio sei ich in Sicherheit, sagten die Eidechsen, und sie würden mit niemandem darüber reden, ich wisse ja, Eidechsen könnten ein Geheimnis für sich behalten.

Ich nickte und empfand auch ihr Gewand, das einer Rüstung glich, als Sicherheits-Garantie, da deuteten sie an, sie würden noch mit ganz anderer Verwandtschaft auffahren, falls es nötig sei, sie könnten ein Krokodil rufen. Du weisst ja, was das heisst, Johann Peter, du schreibst, ein Krokodil sei nichts anderes als eine 20 bis 50 Fuss lange Eidechse, im Kiefer stünden 50 scharfe Zähne, und das Tier sei schnell wie ein Pfeil. Mit dem Schwanz werfe es kleine Schiffe um, mit einem einzigen Schlag töte es einen Menschen. Diese Details kannte ich damals nicht, aber ich war sicher, die grossen Freunde der Eidechsen könnten auf Wunsch in Winterthur-Wülflingen an Land gehen und meine Gotte und ihren Mann am Stück runterschlucken.

Zu den grünen Eidechsen im Tessin sagte ich, wenn ich gross bin, färbe ich zu euren Ehren meine Haare grün. Das fanden sie gut, und ich hielt Wort. Heute bin ich überzeugt, die Menschen behängen sich einzig aus Minderwertigkeitskomplexen gegenüber den Eidechsen mit Metall und spritzen sich Farbe unter die Haut. Die Eidechsen von damals liessen mich wieder auf die Luftmatratze, dort dachte ich darüber nach, wann ich gross sein würde. In zehn Jahren?

Zuerst musste ich ins Engadin zurück, wo ich auf Schnee wartete, obwohl ich ein Feuersalamander werden wollte, aber ein Feuersalamander mag keinen Schnee. Schon bald schrieb ich mit einem roten Pelikan-Füller über einen tintenblauen Gecko. So einen wollte ich haben. Ich war sicher, hätte ich einen solchen Gecko, wäre ich glücklich. Aber wie sollte dieser Gecko den Winter überstehen? Es ging nicht. Deshalb würde ich wohl nie glücklich werden.

Ach was, ich wurde trotzdem glücklich. Vor allem, weil ich nach der Lektüre deiner Eidechsen-Geschichte, Johann Peter, den Mut fand, meine eigene Eidechsen-Geschichte zu schreiben. Da kam eines Morgens ein grünes Krokodil, das ohne zu läuten ins Haus trat und sich das Ding schnappte, das mich begleitete, was es genau war, kann ich dir nicht sagen, aber es hatte die Form einer Tellermine und war mit Dreckwasser gefüllt. Das Krokodil schnappte sich das Ding, schluckte es und schwamm davon.

JOHANN PETER HEBEL

Gute Antwort

Wer ausgibt, muss auch wieder einnehmen. Reitet einmal ein Mann an einem Wirtshaus vorbei, der einen stattlichen Schmerbauch hatte, also, dass er auf beiden Seiten fast über den Sattel herunter hängte. Der Wirt steht auf die Staffel, und ruft ihm nach: «Nachbar, warum habt Ihr denn den Zwerchsack vor Euch auf das Ross gebunden und nicht hinten.» Dem rief der Reitende zurück: «Damit ich ihn unter den Augen habe. Denn hinten gibt es Spitzbuben.» Der Wirt sagte nichts mehr.
(1809)

In Segringen im Wirtshaus klagte ein Krämer über seinen Sohn, dass er ihm so viel Geld durchbringe, und doch zu keinem Geschäft zu gebrauchen sei. «Ganz recht», sagte darauf der liederliche Zirkelschmied, dessen sich der Leser noch aus dem Kalender von 1810 erinnern wird, «so ein Einkommen», sagte er, «wie das Eurige ist, braucht zwei Schelme, einen, der es erwirbt, und einen, der's vertut.» Dem antwortete der Krämer: «Da macht Ihr eine artige Bemerkung, Zirkelschmied! Es ist mir schon lange vorgekommen, in Euern Schuhen gehe ein *zweifacher* Spitzbube, denn was Ihr Vormittags in der Werkstatt verdient, das versauft Ihr Nachmittags im Wirtshaus selber, und wenn man's Euch gibt, noch mehr dazu.»
(1813)

HEINZ D. HEISL
Gute Antwort

«Manchmal gelingt ein mutwilliger Einfall.»
Johann Peter Hebel

DER WALCHER, DER HÄTTE. Und dass der Walcher so einer sei, wird gesagt. Und bei jenen, die mit dem Walcher – mit den Walcherischen – einen regelmässigen Umgang pflegten, bei denen müsse man Vorsicht walten lassen. Beim Walcher, den Walcherischen ergehe es einem, sofern einer da nicht aufpasse und vorsichtig sei, wie es einigen anderen bereits ergangen sei. Aber diejenigen seien natürlich selbst schuld, dass es ihnen so ergangen sei, sagte er. Walchers Vater, der sei ja schon so einer gewesen; wobei der Sohn es weiter gebracht habe, als es der Vater je gebracht hat. Der Sohn – jetzt hielt er zum ersten Mal kurz inne, schob seinen Kopf ein wenig vor –, der Sohn, ja … der sei jetzt Bürgermeister geworden. Der Alte habe sich stets um dieses Amt bemüht, aber es zu erreichen, sei ihm nicht vergönnt gewesen.

Ich sass in der Gaststätte «ZUM SPECKBACHER». Jeder der Tische in der Jägerstube war besetzt, wie auch die Tische in den anderen Stuben – der Rathgeber-Stube, dem Franz-Josef-Stüberl sowie der grössten, der Bürger-Stube. Aufgrund eines plötzlich einsetzenden, heftigen Regens – eines Wolkenbruchs – hatte ich meinen täglichen Spaziergang in den Aldranser Wald gar nicht erst in Angriff genommen, sondern war im Gasthaus geblieben; ich stieg aus Gewohnheit stets im SPECKBACHER ab.

An einem kleineren Tisch in der Jägerstube sass nur eine Person, und nachdem ich gefragt hatte, bedeutete mir der Mann, dass ich Platz nehmen könne; die rechte Hand hatte er durch den Henkel des Bierhumpens geschoben, der Scharnierdeckel war offen und sein Daumen lag auf der

Daumenruhe – mit der Linken machte er eine einladende Geste. Ich nahm Platz, gab meine Bestellung auf, er begann zu reden. Sein verfetteter Kopf schien direkt auf dem Kragen einer bis obenhin zugeknöpften Trachtenjacke zu sitzen – einer Seiwald-Lodenjacke; der Name war auf der Etikette seitlich am Stehkragen zu lesen.

Zugereiste seien sie, aus dem Salzkammergut. Österreicher schon, ja, aber Österreicher aus dem Salzkammergut – St. Gilgen, sagte er und nickte mehrmals, indem er «St. Gilgen» sagte. Und sah mich scharf an. «Allgemein sieht man das hier nicht so gerne, da können Sie fragen, wen Sie wollen», meinte er, aber – jetzt zog er die Schultern hoch, seine Ohren berührten den Rand des Stehkragens der Seiwald-Lodenjacke – nun sei der Walcher, respektive der Sohn des Walchers, Bürgermeister. Gerne würde er wissen, wer den gewählt habe; aber man halte sich ja diesbezüglich stets bedeckt. Er hob den Bierhumpen, trank, setzte ihn wieder ab und wischte sich mit der Linken über den Mund. Bei einigen, da könne er es vermuten, bei anderen sei das klar – aber er wolle das nicht wissen. Er halte sich da heraus.

«Was will er denn», fragte er. «Was will er denn? Was wird er denn machen, was wird er denn ändern? Es ist doch gut, so wie es ist hier.» Ich war mir nicht sicher, ob er diese Fragen nur sich selbst stellte oder ob sie auch an mich gerichtet waren – ich erwiderte jedenfalls nichts darauf. Wie sollte ich auch. Und er trank wiederum, nahm einen besonders grossen Schluck, stellte den Humpen zurück, klappte diesmal den Deckel zu, sagte «ja» … und sah mich an. Das Ganze war mir unangenehm, aber alle anderen Tische waren immer noch besetzt. Und der Regen hatte nicht aufgehört; im Gegenteil.

Da kämen diese Walcherischen aus St. Gilgen zu uns, und mit einem Mal sei deren Sohn – der junge Walcher also – Bürgermeister. Er persönlich habe im Grunde nichts dagegen, aber er finde das schon etwas seltsam. Ihn frage da ja niemand, er habe da ja nichts zu sagen. Ich hatte das Gefühl, dass er mich immer fordernder ansah; es schien, als wolle er unbedingt von mir etwas hören, dabei hatte ich – wenn immer ich für einige Tage hierher kam – nur mit den Wirtsleuten den unbedingt notwendigen Kontakt. Sonst mit niemandem. Ich genoss die erholsamen Spaziergänge im Aldranser Wald.

Es heisse, dass er, der Walcher, mit allen Möglichen alle möglichen Geschäfte machen würde, sagte er. Er, wie gesagt, wisse da ja nichts; bei der Strassenmeisterei sei er tätig gewesen und nun in Pension. Auch im Winterdienst, meinte er, und dass es im Winter härter sei, und dass er den Herren und Damen vom Gemeinderat stets die Zufahrt zu deren Häusern – beziehungsweise zu jenen, in denen sie wohnten – besonders sorgfältig schneefrei zu halten gehabt habe, gelegentlich sogar mehrmals am Tag.

Meine Bestellung wurde serviert; Kalbsleber nach Tiroler Art mit Kartoffelpüree. Mein Gegenüber sah mir beim Essen zu, was mir erneut unangenehm war.

Und urplötzlich meinte er:

«Na ... na ... na ... sind Sie vielleicht einer von denen, die mit dem Walcher geschäftliche Beziehungen unterhalten?» Und er erwartete nun offensichtlich auch eine Antwort. Erst hatte ich überlegt, ob ich mein Essen einfach stehen lassen und gehen sollte. Dann sagte ich mir: Nein ... nein ... das mache ich nicht. Aber was sollte ich ihm antworten? Ich habe nämlich nicht das Geringste mit dem Walcher oder den Walcherischen zu tun. Das wiederum wollte ich aber auch nicht sagen. Dass ich hier ab und zu im SPECKBACHER einige ruhige Tage mit ausgedehnten Spaziergängen im Aldranser Wald verbringe, das musste dieser Mensch ebenfalls nicht wissen. Er wartete. Ich ass weiter und überlegte und sagte dann: «Ich bin auf der Durchreise.» Mehr nicht.

JOHANN PETER HEBEL

Drei Wünsche

Ein junges Ehepaar lebte recht vergnügt und glücklich beisammen, und hatte den einzigen Fehler, der in jeder menschlichen Brust daheim ist: Wenn man's gut hat, hätt man's gerne besser. Aus diesem Fehler entstehen so viele törichte Wünsche, woran es unserm *Hans* und seiner *Lise* auch nicht fehlte. Bald wünschten sie des Schulzen Acker, bald des Löwenwirts Geld, bald des Meiers Haus und Hof und Vieh, bald einmal hunderttausend Millionen bayerische Taler kurz weg. Eines Abends aber, als sie friedlich am Ofen sassen und Nüsse aufklopften, und schon ein tiefes Loch in den Stein hineingeklopft hatten, kam durch die Kammertür ein weisses Weiblein herein, nicht mehr als eine Ehle lang, aber wunderschön von Gestalt und Angesicht, und die ganze Stube war voll Rosenduft. Das Licht löschte aus, aber ein Schimmer wie Morgenrot, wenn die Sonne nicht mehr fern ist, strahlte von dem Weiblein aus, und überzog alle Wände. Über so etwas kann man nun doch ein wenig erschrecken, so schön es aussehen mag. Aber unser gutes Ehepaar erholte sich doch bald wieder, als das Fräulein mit wundersüsser silberreiner Stimme sprach: «Ich bin eure Freundin, die Bergfey, *Anna Fritze*, die im kristallenen Schloss mitten in den Bergen wohnt, mit unsichtbarer Hand Gold in den Rheinsand streut, und über siebenhundert dienstbare Geister gebietet. Drei Wünsche dürft ihr tun; drei Wünsche sollen erfüllt werden.» Hans drückte den Ellenbogen an den Arm seiner Frau, als ob er sagen wollte: Das lautet nicht übel. Die Frau aber war schon im Begriff, den Mund zu öffnen und etwas von ein paar Dutzend goldgestickten Kappen, seidenen Halstüchern und dergleichen zur Sprache zu bringen, als die Bergfey sie mit auf gehobenem Zeigefinger warnte: «Acht Tage lang», sagte sie, «habt ihr Zeit. Bedenkt euch wohl, und übereilt euch nicht.» Das ist kein Fehler, dachte der Mann, und legte seiner Frau die Hand auf den Mund. Das Bergfräulein aber verschwand. Die Lampe brannte wie vorher, und statt des Rosendufts zog wieder wie eine Wolke am Himmel der Öldampf durch die Stube.

So glücklich nun unsere guten Leute in der Hoffnung schon zum Voraus waren, und keinen Stern mehr am Himmel sahen, sondern lauter Bassgeigen; so waren sie jetzt doch recht übel dran, weil sie vor lauter Wunsch nicht wussten, was sie wünschen wollten, und nicht einmal das Herz hatten, recht daran zu denken oder davon zu sprechen, aus Furcht, es möchte für gewünscht passieren, ehe sie es genug überlegt hätten. Nun sagte die Frau: «Wir haben ja noch Zeit bis am Freitag.»

Des andern Abends, während die Grundbirn zum Nachtessen in der Pfanne prasselten, standen beide, Mann und Frau, vergnügt an dem Feuer beisammen, sahen zu, wie die kleinen Feuerfünklein an der russigen Pfanne hin und her züngelten, bald angingen, bald auslöschten, und waren, ohne ein Wort zu reden, vertieft in ihrem künftigen Glück. Als sie aber die gerösteten Grundbirn aus der Pfanne auf das Plättlein anrichteten, und ihr der Geruch lieblich in die Nase stieg: – «Wenn wir jetzt nur ein gebratenes Würstlein dazu hätten», sagte sie in aller Unschuld, und ohne an etwas anders zu denken, und – o weh, da war der erste Wunsch getan. – Schnell, wie ein Blitz kommt und vergeht, kam es wieder wie Morgenrot und Rosenduft untereinander durch das Kamin herab, und auf den Grundbirn lag die schönste Bratwurst. – Wie gewünscht, so geschehen. – Wer sollte sich über einen solchen Wunsch und seine Erfüllung nicht ärgern? Welcher Mann über solche Unvorsichtigkeit seiner Frau nicht unwillig werden?

«Wenn dir doch nur die Wurst an der *Nase angewachsen wäre*», sprach er in der ersten Überraschung, auch in aller Unschuld, und ohne an etwas anders zu denken – und wie gewünscht, so geschehen. Kaum war das letzte Wort gesprochen, so sass die Wurst auf der Nase des guten Weibes fest, wie angewachsen im Mutterleib, und hing zu beiden Seiten hinab wie ein Husaren-Schnauzbart.

Nun war die Not der armen Eheleute erst recht gross. Zwei Wünsche waren getan und vorüber, und noch waren sie um keinen Heller und um kein Weizenkorn, sondern nur um eine böse Bratwurst reicher. Noch war ein Wunsch zwar übrig. Aber was half nun aller Reichtum und alles Glück zu einer solchen Nasenzierat der Hausfrau? Wollten sie wohl oder übel, so mussten sie die Bergfey bitten, mit unsichtbarer Hand Barbiersdienste zu leisten, und Frau Lise wieder von der vermaledeiten Wurst zu befreien. Wie gebeten, so geschehen, und so war der dritte Wunsch auch vorüber, und die armen Eheleute sahen einander an, waren der nämliche Hans und die nämliche Lise nachher wie vorher, und die schöne Bergfey kam niemals wieder.

Merke: Wenn dir einmal die Bergfey also kommen sollte, so sei nicht geizig, sondern wünsche

Numero Eins: Verstand, dass du wissen mögest, was du

Numero zwei wünschen sollest, um glücklich zu werden. Und weil es leicht möglich wäre, dass du alsdann etwas wähltest, was ein törichter Mensch nicht hoch anschlägt, so bitte noch

Numero drei: um beständige Zufriedenheit und keine Reue.

Oder so:

Alle Gelegenheit, glücklich zu werden, hilft nichts, wer den Verstand nicht hat, sie zu benutzen.

FRANZ HOHLER

Drei Wünsche

Ein älteres Ehepaar lebte recht vergnügt und zufrieden zusammen, denn Mann und Frau hatten das Erwerbsleben hinter sich, und mit ihrer Rente und ihrem Ersparten lebten sie zwar nicht in Saus und Braus, aber doch so, dass sie sich jederzeit einen guten Schluck Wein, einen Theaterbesuch oder eine Woche Winterferien in den Bergen leisten konnten, und auch den Hypothekarzins für ihr Reiheneinfamilienhaus auf einem Hügel oberhalb der Stadt bezahlten sie regelmässig.

Als sie nun eines Abends beim Kartenspiel sassen, mit dem sie sich gerne vor dem Zubettgehen noch etwas zerstreuten, ging auf einmal das Licht aus.

«Nanu», dachte der Mann, «habe ich nicht vor ein paar Wochen eine neue Sparlampe eingesetzt, Brenndauer 10'000 Stunden?»

Da erfüllte ein heller Schimmer das ganze Zimmer, als ob hinter dem Fernsehapparat der Vollmond aufgegangen wäre, und aus der Schranktür, die sich knarrend öffnete, schwebte eine wunderschöne Fee in einem silberweissen Gewand, das nach Lavendel und Holunderblüten duftete.

Vor Schreck fielen den beiden die Karten aus den Händen, und bevor sie etwas sagen konnten, säuselte die Fee: «Ich bin eure Freundin, die Hügelfee Louise, ich wohne im unsichtbaren Schloss hinter den Hügeln mit vielen dienstbaren Geistern und bringe euch frohe Kunde. Ihr dürft drei Wünsche tun, und die werden euch erfüllt werden! Drei Tage habt ihr Zeit, sie auszusprechen.» Und schwupps, war sie verschwunden, das Licht ging wieder an, aber im ganzen Zimmer lag ein Duft von Lavendel und Holunderblüten.

Eine Weile waren die beiden sprachlos, dann fragte der Mann: «Hast du das auch gesehen?» «Ja», sagte die Frau.

«Dann können wir uns ja gleich etwas wünschen», sagte der Mann.

«Pass auf», sagte die Frau, «wir sollten nicht reinfallen. Wünschen wir uns doch zuerst den Verstand, dass wir das Richtige wünschen.»

«Also gut», sagte der Mann, «und dass wir so zufrieden bleiben, wie wir sind.»

Kaum hatten sie das gesagt, ging das Licht wieder aus, das Zimmer wurde von einem Schimmer erhellt, als ob der Vollmond hinter dem Fernsehapparat aufgegangen wäre, die Schranktür öffnete sich knarrend, und herein schwebte die Hügelfee, und hinter ihr zwei weitere Feen, die einen riesigen Goldbarren trugen, den sie auf den Spannteppich fallen liessen.

«Auf dass eure Zufriedenheit beständig sei», hauchte die Fee, und die beiden Trägerfeen kicherten silberhell.

Der Mann lächelte, aber die Frau sagte entschieden: «Entschuldigen Sie, aber das haben wir nicht gewünscht.» Da setzte sich die Fee auf den Goldbarren und begann zu weinen.

«Ich bin noch in der Ausbildung», schluchzte sie, «und ich kann nur das mit dem Gold. Das wünschen sich doch die meisten Menschen!»

«Wir nicht – nehmen Sie es sofort wieder mit!», sagte die Frau. «Meinst du nicht –», begann der Mann, doch die Frau rief: «Das ist unser dritter Wunsch!»

Da hoben die Trägerfeen den Goldbarren seufzend auf und flogen hinter der Hügelfee her, die unter Tränen durch die Schranktür verschwand.

Das Licht ging wieder an, und das Zimmer duftete immer noch nach Lavendel und Holunderblüten.

Lange blieben der Mann und die Frau sitzen und schüttelten den Kopf. Dann nahmen sie ihre Karten wieder auf und spielten das Spiel zu Ende.

Die Frau gewann.

JOHANN PETER HEBEL

Mancherlei gute Lehren | Nützliche Lehren

1.

Die Menschen nehmen oft ein kleines Ungemach viel schwerer auf, und tragen es ungeduldiger, als ein grosses Unglück, und der ist noch nicht am schlimmsten daran, der viel zu klagen hat, und alle Tage etwas anders. Erfahrung und Übung im Unglück lehrt schweigen. Aber, wenn ihr einen Menschen wisst, der nicht klagt, und doch nicht fröhlich sein kann, ihr fragt ihn, was ihm fehle, und er sagt's euch kurz und gut, oder gar nicht, dem sucht ein gutes Zutrauen abzugewinnen, wenn ihr es wert seid, und ratet und helft ihm, wenn ihr könnt. (1805)

2.

Ist denn der Mensch deswegen so schlimm und so schlecht, weil die bösen Neigungen zuerst in seinem Herzen erwachen und das Gute nur durch Erziehung und Unterricht bei ihm anschlägt? Euer bester Ackerboden trägt doch auch nur Gras und Unkraut aus eigener Kraft, und euer Lebenlang keine Weizenernte; und ein dürres Sandfeld, das nicht einmal aus eigener Kraft Unkraut treibt, wird auch euern Fleiss und eure Hoffnung nie mit einer Fruchtgarbe erfreuen. Aber wenn ihr den guten Boden ansäet zu rechter Zeit, sein wartet und pfleget, wie sich's gebühret, so steigt im Morgentau und Abendregen doch eine fröhliche Saat empor, und die Raden und Kornrosen und mancherlei taubes Gras möchte gern, aber es kann nicht mehr empor kommen. Die gesunde Ähre schwankt in der Luft, und füllt sich

mit kostbaren Körnern. So ist es mit dem Menschen und mit seinem Herzen auch. Was lernen wir daraus? Man muss nicht unzeitig klagen und hadern und die Hoffnung aufgeben, ehe sie erfüllt werden kann. Man muss den Fleiss, die Mühe und Geduld, die man an eine handvoll Fruchthalmen gerne verwendet, an den eigenen Kindern sich nicht verdriessen lassen. Man muss dem Unkraut zuvorkommen, und guten Samen, schöne Tugenden in das weiche zarte Herz hineinpflanzen, und Gott vertrauen, so wird's besser werden.
(1805)

3.
Man muss mit den Wölfen heulen. Das heisst: Wenn man zu unvernünftigen Leuten kommt, muss man auch unvernünftig tun, wie sie. Merke: *Nein!* Sondern *erstlich*, du sollst dich nicht unter die Wölfe mischen, sondern ihnen aus dem Weg gehn. *Zweitens*, wenn du ihnen nicht entweichen kannst, so sollst du sagen: Ich bin ein Mensch, und kein Wolf. Ich kann nicht so schön heulen, wie ihr. *Drittens:* Wenn du meinst, es sei nimmer anders von ihnen loszukommen, so will dir der Hausfreund erlauben, ein- oder zweimal mit zu bellen, aber du sollst nicht mit ihnen beissen, und andrer Leute Schafe fressen. Sonst kommt zuletzt der Jäger, und du wirst mit ihnen erschossen.
(1811)

MARKUS MANFRED JUNG
Nützliche Lehre?

Schon im dritten Jahr des zweiten Grossen Krieges musste ein angesehener Schuhhändler in Freiburg ein Schild vor seiner Haustüre anbringen: «Keine Schuhe erhältlich. Auch Nachweis mit Bezugsschein zwecklos.» Das war bitter, denn Schuhe waren auch sonst in Freiburg nicht mehr aufzutreiben. Wer zu Anfang des Krieges noch welche gehabt hatte, dem waren sie im Tausch längst zu einem Sack Grundbirnen oder Erdäpfel geworden oder zu drei Dutzend Eiern. Wer aber einen Sohn, Bruder oder Verwandten an der Front wusste, und wer war das nicht, der hatte seine Stiefel bei dessen Heimaturlaub hergegeben. Und wie es so geht, wenn der Sohn in Frankreich oder Russland bleibt, bleiben auch seine Stiefel dort. *Erfahrung und Übung im Unglück lehrt schweigen.*

Doch wenn der Händler auch keine Schuhe mehr hatte, so hatte er doch ein gutes Herz. Und wenn einmal doch einer, obwohl er das Schild gelesen hatte, zu ihm kam und um ein Paar Schuhe bettelte, weil er draussen in der Kälte arbeiten musste, so nahm der Händler diesen zur Seite und sagte: «Guter Mann, ich habe wirklich keine Schuhe mehr. Aber ich habe ein gutes Herz und einen guten Freund, der auch ein gutes Herz hat und vielleicht noch ein Paar Schuhe. Habt ihr denn etwas, mit dem ihr ihn bezahlen könnt. Betttücher, Silberbesteck oder so etwas?»

Und hatte der gute Mann etwas, so gab er es her für ein Paar Schuhe, auch wenn es schlechte waren. Denn wozu braucht man Silberbesteck, wenn man froh ist, dass man sich ab und zu noch die Hände an ein paar heissen Erdäpfeln wärmen kann, die kalten Füsse aber ohne Schuhe nicht mehr warm werden? Aber auch Besteck und Tücher,

Briefmarkenalben und Münzen gab es bald nicht mehr. Und auch der Freund mit dem guten Herzen hatte keine Schuhe mehr.

Mit dem Winter 1944 auf 45 schien auch der Krieg an Kraft verloren zu haben, und doch bäumte er sich, wie eine eisige Februarnacht, noch manches Mal gegen den nahen Frühling auf. So kamen, spät im Februar, wie schon einige Male zuvor, drei feindliche Jagdbomber plötzlich über den Schlossberg gesprungen, stürzten sich einige Male auf die wehrlose Stadt und drehten erst wieder ab, als ein paar Häuser in Brand standen und ein paar Menschen weniger hungern mussten. Hatte der Schuhhändler beim grausigen Novemberangriff 1944 noch Glück gehabt, so hatte dies ihn jetzt genauso verlassen wie das Pferd, das gerade noch einen Wagen vor seinem Haus vorbeigezogen hatte. Das Pferd war tot. Das Haus brannte.

Viele Nachbarn eilten herbei, um löschen zu helfen, setzten sich grosser Gefahr aus und halfen doch, weil es das Natürlichste auf der Welt ist, dass Menschen in Not sich gegenseitig helfen. Gemeinsam schafften sie es, den Brand zu löschen. Aber so richtig froh darüber war keiner, denn aus den geborstenen Fenstern quollen nun Schuhe, hunderte Paare von Schuhen, alle Grössen, braune und schwarze, manche versengt, viele aber noch heil.

Stumm schauten die Leute zu, wie die Söhne des Händlers die guten und die verdorbenen Schuhe aus dem Fenster je auf einen Haufen warfen. Mancher stand da, nur mit Lumpenwickeln um die Füsse, keiner ging weg, jeder hatte Zeit. Immerhin gab es vor der Absperrung, die die alten Männer der Polizei provisorisch errichtet hatten, noch mehr Wärme als bei manchem zu Haus am leeren Ofen. *Ist denn der Mensch deswegen so schlimm und so schlecht, weil die bösen Neigungen zuerst in seinem Herzen erwachen und das Gute nur durch Erziehung und Unterricht bei ihm anschlägt?*

Der Schuhhändler sortierte mit wichtiger Miene seine Schuhe, warf manchmal einen leicht angerussten auf den

Haufen der verdorbenen, schimpfte mit seinen Söhnen, die nicht genau genug unterschieden hatten, sah nicht die Leute jenseits der Absperrung, sah nicht, wie manche Augen finster zu den schwarzen Fensterhöhlen hochstarrten, wo immer mehr Schuhe herausgeflogen kamen, sah nicht, wie die Menschen in der zunehmenden Kälte enger zusammenrückten, die Hände in den Taschen vergruben.

Aufgeregt verhandelte er mit seinen Söhnen, weil diese anscheinend eine der wertvollen Glasvitrinen noch heil vorgefunden hatten, in denen früher die teuersten Schuhe ausgestellt gewesen waren und die in letzter Zeit bedauerlicherweise immer hatte leer gezeigt werden müssen. Freudig erregt befahl der Händler, die kostbare Vitrine auf die Strasse hinunterzulassen. Vorsichtig hievten die Söhne den Kasten aus dem Fenster und liessen ihn langsam an Seilen ab. Lautstark dirigierte der Vater, die Leute standen stumm und starrten. Es gelang den Söhnen, die Fracht von der Wand frei zu halten, der Vater rieb sich aufgeregt die Hände, Stück für Stück näherte sich die Vitrine dem Boden.

Nur wenig fehlte noch, als sie plötzlich stoppte, frei und leicht in der Luft hin und her pendelte. «Weiter, weiter», schrie der Schuhhändler mit hochrotem Kopf, doch die Vitrine hing. «Die Seile sind zu kurz», riefen die Söhne, «nimm den Kasten ab, er wird zu schwer.» Der Vater sprang hinzu, versuchte die Vitrine zu halten. Es ging nicht. «Karl, hilf doch, verdammi noch mool», rief er einem Nachbarn zu. Der hörte nichts. Der Händler lief hin, packte ihn am Mantel, zerrte an ihm und rief: «Hee, so hilf doch, des Ding isch für mich alleinig doch z schwer, sihsch des nit?» Doch der Nachbar schüttelte nur den Kopf, stumm, starrte zum Fenster, wo die Söhne verzweifelt versuchten, das Gewicht zu stabilisieren.

Der Händler fluchte, lief an der Absperrung entlang, packte einen alten, müden Polizisten an der Schulter, schrie ihn an, versprach Geld und Schuhe, lief zurück, jammerte und flehte. Keiner nahm die Hände aus dem Hosensack, keiner rührte sich. Auf einmal hielt er inne, als ob ihm etwas einfiele. Irritiert schaute er vom einen zum andern, und in diese plötzliche Stille hinein zerbarst die Vitrine krachend auf dem Pflaster.

Die Fäuste in den Taschen lösten sich, die Blicke wurden heller, langsam zerstreute sich die Menge. *Du sollst dich nicht unter die Wölfe mischen, sondern ihnen aus dem Weg gehn.* Einige sahen sich an, begannen zu schwatzen, lachten, gingen. Zurück blieben eine angeschwärzte Hausfassade, zwei Haufen mit Schuhen, sorgfältig sortiert, davor ein Schild: «Keine Schuhe erhältlich. Auch Nachweis mit Bezugsschein zwecklos.»

JOHANN PETER HEBEL

Der Zahnarzt

Zwei Tagdiebe, die schon lange mit einander in der Welt herumgezogen, weil sie zum Arbeiten zu träg oder zu ungeschickt waren, kamen doch zuletzt in grosse Not, weil sie wenig Geld mehr übrig hatten, und nicht geschwind wussten, wo nehmen? Da gerieten sie auf folgenden Einfall: Sie bettelten vor einigen Haustüren Brot zusammen, das sie nicht zur Stillung des Hungers geniessen, sondern zum Betrug missbrauchen wollten. Sie kneteten nämlich und drehten aus dem Weichen desselben lauter kleine Kügelein oder Pillen, und bestreuten sie mit Wurmmehl aus altem zerfressenem Holz, damit sie völlig aussahen wie die gelben Arznei-Pillen. Hierauf kauften sie für ein paar Batzen einige Bogen rotgefärbtes Papier bei einem Buchbinder (denn eine schöne Farbe muss gewöhnlich bei jedem Betrug mithelfen). Das Papier zerschnitten sie alsdann und wickelten die Pillen darein, je sechs bis acht Stücke in ein Päcklein. Nun ging der eine voraus in einen Flecken, wo eben Jahrmarkt war, und in den *Roten Löwen*, wo er viele Gäste anzutreffen hoffte. Er forderte ein Glas Wein, trank aber nicht, sondern sass ganz wehmütig in einem Winkel, hielt die Hand an den Backen, winselte halb laut für sich, und kehrte sich unruhig bald so her, bald so hin. Die ehrlichen Landleute und Bürger, die im Wirtshaus waren, bildeten sich wohl ein, dass der arme Mensch ganz entsetzlich Zahnweh haben müsse. Aber was war zu tun? Man bedauerte ihn, man tröstete ihn, dass es schon wieder vergehen werde, trank sein Gläslein fort, und machte seine Marktaffairen aus. Indessen kam der andere Tagdieb auch nach. Da stellten sich die beiden Schelmen, als ob noch keiner den andern in seinem Leben gesehen hätte. Keiner sah den andern an, bis der Zweite durch das Winseln des Erstern, der im Winkel sass, aufmerksam zu werden schien. «Guter Freund», sprach er, «Ihr scheint wohl Zahnschmerzen zu haben?» und ging mit grossen, aber langsamen Schritten, auf ihn zu. «Ich bin der Doktor Staunzius Rapunzia von Travalgar», fuhr er fort. Denn solche fremde volltönige Namen müssen auch zum Betrug behülflich sein, wie die Farben. «Und wenn Ihr meine Zahnpillen gebrauchen wollt, fuhr er fort, so soll es mir eine schlechte Kunst sein, Euch mit einem, höchstens zweien, von Euern Leiden zu befreien.» – «Das wolle Gott», erwiderte der andere Halunk. Hierauf zog der saubere Doktor Rapunzia eines von seinen roten Päcklein aus der Tasche, und verordnete dem Patienten ein Kügelein daraus auf den bösen Zahn zu legen und herzhaft darauf zu beissen. Jetzt streckten die Gäste an den andern Tischen die Köpfe herüber, und einer um den andern kam herbei, um die Wunderkur mit anzusehen. Nun könnt ihr euch vorstellen, was geschah. Auf diese erste Probe wollte zwar der Patient wenig rühmen, vielmehr tat er einen entsetzlichen Schrei. Das gefiel dem Doktor. Der Schmerz, sagte er, sei jetzt gebrochen, und gab ihm geschwind die zweite Pille zu gleichem Gebrauch. Da war nun plötzlich aller Schmerz verschwunden. Der Patient sprang vor Freuden auf, wischte den Angstschweiss von der Stirne weg, obgleich keiner dran war, und tat dergleichen, als ob er seinem Retter zum Danke etwas Namhaftes in die Hand drückte. – Der Streich war schlau angelegt, und tat seine Wirkung. Denn jeder Anwesende wollte nun auch von diesen vortrefflichen Pillen haben. Der Doktor bot das Päcklein für 24 Kreuzer, und in wenig Minuten waren alle verkauft. Natürlich gingen jetzt die zwei Schelmen wieder einer nach dem andern weiters, lachten, als sie wieder zusammen kamen, über die Einfalt dieser Leute, und liessen sich's wohl sein von ihrem Geld.

Das war teures Brot. So wenig für 24 Kreuzer bekam man noch in keiner Hungersnot. Aber der Geldverlust war nicht einmal das schlimmste. Denn die Weichbrot-Kügelein wurden natürlicher Weise mit der Zeit steinhart. Wenn nun so ein armer Betrogener nach Jahr und Tag Zahnweh bekam, und in gutem Vertrauen mit dem kranken Zahn einmal und zweimal darauf biss, da denke man an den entsetzlichen Schmerz, den er, statt geheilt zu werden, sich selbst für 24 Kreuzer aus der eigenen Tasche machte.

Daraus ist also zu lernen, wie leicht man kann betrogen werden, wenn man den Vorspiegelungen jedes hergelaufenen Landstreichers traut, den man zum erstenmal in seinem Leben sieht, und vorher nie, und nachher nimmer; und mancher, der dieses liest, wird vielleicht denken: «So einfältig bin ich zu meinem eigenen Schaden auch schon gewesen.»

JOSEF KLEINDIENST

Der Heiler

Konstantin setzte sich auf die Bank in der Bahnhofshalle, mit leerem Blick starrte er auf den gegenüberliegenden Kiosk. Schon seit Tagen irrte er ziellos durch die Stadt, er hatte nur wenige Stunden geschlafen, jeden Moment glaubte er in Tränen ausbrechen zu müssen, und sein Körper war von Schmerz durchdrungen.

Dabei hatte er am Mittwoch noch einen schönen Tag gehabt, nichts schien auf sein nahes Unglück hinzudeuten. Als er das Büro der städtischen Verwaltung verlassen hatte, machte er auf dem Nachhauseweg noch einen Spaziergang durch den Park. Doch schon als er die Wohnung betrat und Hanni sah, beschlich ihn ein komisches Gefühl. Ihr Blick schien verändert, vor allem sass sie sonst nie auf dem gelben Stuhl in der Küche, jedenfalls nicht um diese Uhrzeit. Und was er dann zu hören bekam, konnte er anfangs gar nicht begreifen, zwar drangen die Wörter zu ihm, doch gleichzeitig prallten sie an ihm ab, als sei sein Körper von einer Schutzhülle überzogen. Schliesslich drangen sie dann doch, wie kleine Geschosse, unter seine Haut. Sie habe sich verliebt und werde ihn verlassen, daran sei auch nicht zu rütteln. Jeder Versuch, sie umzustimmen, sei vollkommen zwecklos. Er starrte sie regungslos an, als sässe da nicht seine Hanni, sondern ein Krokodil, das ihn jeden Moment zerfleischen könnte.

Er blickte auf die Anzeigetafel: *Madrid, Paris, München*. Doch schon bei dem Gedanken, Abschied zu nehmen, kamen ihm die Tränen. Da hörte er plötzlich eine Stimme. Was er denn gar so missmutig dreinschaue, für jedes Problem gebe es eine Lösung und Liebeskummer sei auch nur ein Schmerz. Anfangs wusste er nicht, woher die Stimme kam, aber dann sah er einen Mann mittleren Alters neben sich sitzen. Die Situation war ihm unangenehm, wenn nun schon fremde Leute seinen Gefühlszustand erkennen konnten. «Da ist nichts, wofür Sie sich schämen müssten.»

Wie konnte der Fremde bloss so mit ihm sprechen, und vor allem, woher wusste er von seinem Kummer? Er sei Spezialist auf diesem Gebiet, und Fälle wie seinen kenne er zur Genüge, meinte der Mann. «Ach ja?»

Der Mann schaute ihm gar nicht wie ein Lebensberater aus, unter seinem Hemd waren kräftige Oberarme zu erkennen, wie bei einem Fitnesstrainer, aber man konnte sich auch täuschen. «Sie wirken etwas belastet.»

Wie er das meine.

«Es scheint, als laste etwas auf Ihrer Aura. Haben Sie in letzter Zeit Streit mit jemandem gehabt?»

Tatsächlich hatte er erst unlängst im Amt einen Konflikt mit einer unangenehmen Person gehabt. Doch es bestehe Grund zur Hoffnung. Konstantin blickte den Mann an. An guten Tagen glaubte er nicht an solchen Hokuspokus, aber es waren nun mal keine guten Tage. «Und wie bekomme ich diese Last auf der Aura wieder weg?»

«Normalerweise vergeht sie mit der Zeit, aber man könnte ein wenig nachhelfen.»

«Ach ja?»

Er wisse ein Mittel, das schnell zu beschaffen sei, das könne ihn von seinem Seelenschmerz befreien. Allerdings koste es schon etwas. Konstantin blickte auf die Anzeigetafel: *Rom Bahnsteig 2*. In Rom hatten sie ihren ersten gemeinsamen Urlaub verbracht. Vielleicht wäre es besser, das Angebot anzunehmen, als sich vor den Zug zu werfen. Er könne es ihm heute auch ein bisschen billiger geben, 300 Franken statt 350, was schon fast ein Geschenk sei. Konstantin blickte wieder auf die Anzeigetafel, ein paar Tränen kamen ihm. «Ich sage es Ihnen ja, 300 und wir machen dem ein Ende. Wie lange geht das denn schon so?»

«Fast eine Woche.»

Er legte ihm den Arm um die Schulter, wie es sonst nur Hanni tat. Konstantin überlegte, wieder heimzugehen. «Aber wenn Sie nicht wollen, kann man nichts machen.»

«Und es hilft?»

«Es hat sich noch keiner beklagt, noch jeder war von seinem Schmerz befreit.»

Konstantin erschien der Mann nun vertrauensvoll, irgendwie erinnerte er ihn an seinen Hausarzt, etwas an seiner Frisur. «Sie bekommen selbstverständlich auch eine Rechnung.»

«Haben Sie denn das Mittel dabei?»

Der Fremde nickte. Konstantin ging zum Geldautomaten, tippte den Code ein, das Geburtsdatum seiner Hanni. Er nahm die 300 Franken und lief zurück. Für einen Augenblick konnte er den Mann nicht sehen, er befürchtete schon, er wäre gegangen. Aber dann kam er hinter dem Kiosk hervor. Er meinte, dass hier nicht der passende Ort für die Übergabe sei. Draussen im Park, bei dem grossen Kastanienbaum, wäre es idyllischer.

Das Vogelgezwitscher verscheuchte Konstantins dunkle Gedanken. Sie setzten sich auf die Bank im Park. «Ich bin übrigens Urs.» Er zog ein kleines Fläschchen aus seiner Tasche. «Sie müssen aber vorsichtig sein. Und Sie dürfen immer nur zwei Tropfen verwenden. Das ist wichtig. Ansonsten kann auch der gegenteilige Effekt eintreten. Bevor Sie nun wieder Ihre Frau treffen, müssen Sie sich zwei Tropfen auf das Ohrläppchen geben.»

Was das für eine Mixtur sei, wollte Konstantin wissen. Das könne er nicht sagen. Aber es wirke immer, er solle ihm vertrauen. Er musterte Konstantin mit eindringlichem Blick. «Zwei Tropfen. Und das wiederholen Sie dreimal. Spätestens beim dritten Mal setzt die Wirkung voll ein.» Urs drückte ihm das Fläschchen in die Hand. Konstantin betrachtete es ehrfürchtig, dann überreichte er ihm das Geld.

Mit leichtem Schritt ging er nach Hause. Im Geist sah er sich schon mit Hanni vereint, und bestimmt war alles nur ein böser Traum. Vor der Haustür öffnete er das Fläschchen, schnupperte kurz daran und gab zwei Tropfen aufs linke Ohrläppchen, dann stieg er die Stufen hoch ins Haus. Er setzte sich auf den gelben Stuhl, auf dem ihm Hanni vor ein paar Tagen verkündet hatte, dass ihre Trennung unvermeidlich sei. Nun roch er die Tinktur, ein leicht harziger Geruch, wie in einem Fichtenwald. Vielleicht sollte er auch sein rechtes Ohr damit betupfen. Er zog das Fläschchen hervor und gab auch darauf zwei Tropfen. Da hörte er Hanni durch die Tür kommen. Er blickte sie an. Sie wollte wissen, was es gebe und warum er sie so anstarre. Ihr Tonfall war kühl, offenbar hatte sich nichts geändert. Dann fragte sie, was hier so eigenartig rieche, dabei verzog sie die Nase. In dem Moment ging die Tür einen Spaltbreit auf, und Max, der Kater, kam durch das Zimmer geschossen. Mit einem Satz sprang er Konstantin ins Gesicht und verbiss sich in sein linkes Ohrläppchen. Schreiend vor Schmerz, krümmte er sich auf dem Sessel.

Während Konstantin versuchte, den Kater abzuschütteln, und dabei sein blutendes Ohrläppchen hielt, sah er, wie Hanni kopfschüttelnd den Raum verliess. Selbst den Kater mache er verrückt, hörte er sie sagen, bevor Max auch noch in sein rechtes Ohrläppchen biss.

ARIANE KOCH

Der Zahnarzt

Er begutachtete mein Gebiss, fuhr sanften Blickes mit dem Spiegel-Werkzeug meinen Zähnen entlang und blieb dann schliesslich hängen. Es handelte sich um meinen Weisheitszahn, der nicht nur rebellisch in die Wange hineinragte – als habe er die Richtung des Wachstums verwechselt –, sondern auch von Fäule zerfressen war, so der Zahnarzt. Man muss wissen, ich hatte damals nicht viel Geld auf mir und schon gar nicht auf dem Konto. Die Aussicht auf eine horrende Zahnarztrechnung jagte mir Entsetzen ein. Ich schaute besorgt von der Liege hoch.

Ich müsse kein solches Gesicht machen, meinte der Zahnarzt, er verrechne mir einen Sonderpreis für Mittellose, bloss 24 Kreuzer. Ich atmete auf. Der Zahnarzt schien ein guter Typ zu sein, und jetzt mochte ich auch sein Brillengestell, das mir bis zu seinem Angebot noch hässlich gemustert vorgekommen war. Ich nickte heftig, schliesslich würde ich nicht mehr so schnell zu einer günstigen Instandsetzung meines Gebisses kommen, und gut gelaunt riss ich meinen Mund auf, worauf der Zahnarzt sich sogleich ans Werk machte.

Er nahm seine Instrumente und begann summend in meinem Mund herumzuhantieren. Es knirschte und knackste, ein kurzer Schmerz erfasste mich und ebbte wieder ab, und schon hielt der stolze Zahnarzt einen blutigen Klumpen in der Zange. Die Schale, in die der Zahnarzt ihn fallen liess, klirrte hell. Nach kurzer Wundversorgung und Bezahlung durfte ich die Praxis wieder verlassen, und obwohl draussen eine schreckliche Wintergrauheit herrschte, kam mir der Tag nett und klar vor. Auch der Schmerz war vollständig abgeklungen. Mein Lächeln war wieder strahlend.

Auf dem Heimweg kam ich an einem Markt vorbei, wo ich ein paar Äpfel mitgehen liess, schliesslich fehlte mir für die Bezahlung jetzt das nötige Kleingeld. Zu Hause legte ich die Früchte in den Ofen, damit sie saftig blieben, aber weich wurden – und sich mein Gebiss keinesfalls an ihrem Verzehr störte. Voller Appetit ass ich die gekochten Äpfel, die ich mit Zimt und Zucker bestreut hatte.

Als ich später gesättigt im Bett lag, dachte ich an meinen Zahn, der mir jetzt zwar abhandengekommen war, doch ich vermisste ihn nicht. Vielmehr fühlte ich mich wie eine gewitzte Person, die eine faule Sache ohne grosses Zutun losgeworden war. Mit der Zunge fuhr ich über mein glattes Gebiss, erspürte Zahn um Zahn. Aber es kam keine Leerstelle. So sehr ich auch meine Zunge verrenkte, ein spitzer Zahn kam mir dabei stets in die Quere. Ich setzte mich auf und begann zu schwitzen. Jetzt steckte ich meine Finger in den Mund hinein, doch konnte ich nirgends eine Lücke ertasten, sondern stiess auf meinen in Richtung Wange abstehenden Weisheitszahn, wie ich ihn seit jeher besessen hatte.

Ich sprang auf, rannte hinaus über den Markt, am Wirtshaus vorbei, zurück zum Zahnarzt, obwohl es bereits später Abend war. Ich klopfte, nein, hämmerte an seine Praxistür, und es ging nicht lange, da wurde sie von einer Frau geöffnet, die mich freundlich und fragend anschaute. Als ich ihr atemlos meine Geschichte vorgetragen hatte, wurden ihre Augen gross. Hier habe es noch nie eine Zahnarztpraxis, geschweige denn einen Zahnarzt gegeben, und auch in der ganzen Strasse gebe es keinen. Mir stand der Mund samt allen Zähnen offen. Ich wiederholte die Adresse, und sie nickte entschieden. Dann aber sagte sie, dass sie zufällig auf das Herstellen bestimmter Arzneien spezialisiert sei, sogenannter Globuli, und da ich unter schrecklichem Zahnschmerz zu leiden scheine, könne sie mir gern ein Mittel aushändigen, es koste fast nichts. Ohne dass ich zwischen meinen Zähnen eine Antwort hervorzustossen in der Lage war, kramte sie ein Fläschchen hervor, in dem kleine Kugeln lagen. Sie drückte es mir in die Hand, und ich starrte auf die Arzneien. Irgendwo schrie ein Käuzchen, und ich erwachte wie aus einem Schlaf. Ich übergab der freundlichen Frau hastig meinen letzten Batzen, der eigentlich für Brot bestimmt gewesen wäre, und schritt von dannen.

JOHANN PETER HEBEL

Das letzte Wort

Zwei Eheleute in einem Dorf an der Donau, herwärts Ulm, lebten miteinander, die waren nicht für einander gemacht, und ihre Ehe ward nicht im Himmel geschlossen. Sie war verschwenderisch, und hatte eine Zunge wie ein Schwert; er war karg, was nicht etwa in den eigenen Mund und Magen ging. Nannte er sie eine «Vergeuderin», so schimpfte sie ihn einen «Knicker», und es kam nur auf ihn an, wie oft er seinen Ehrentitel des Tags hören wollte. Denn wenn er hundertmal in einer Stunde «Vergeuderin» sagte, sagte sie hundert und einmal: «Du Knicker», und das letzte Wort gehörte allemal ihr. Einmal fingen sie es wieder mit einander an, als sie ins Bett gingen, und sollen's getrieben haben bis früh um fünf Uhr, und als ihnen zuletzt vor Müdigkeit die Augen zufielen, und ihr das Wort auf der Zunge einschlafen wollte, kneipte sie sich mit den Nägeln in den Arm und sagte noch einmal: «Du Knicker!» Darüber verlor er alle Liebe zur Arbeit und zur Häuslichkeit, und lief fort, so bald er konnte, und wohin? Ins Wirtshaus. Und was im Wirtshaus? Zuerst trinken, darnach spielen, endlich saufen, anfänglich um bares Geld, zuletzt auf Borgs. Denn wenn die Frau nichts zu Rat hält, und der Mann nichts erwirbt, in einer solchen Tasche darf schon ein Loch sein, es fällt nichts heraus. Als er aber im roten Rösslein den letzten Rausch gekauft hatte, und konnte ihn nicht bezahlen, und der Wirt schrieb seinen Namen und seine Schuld, sieben Gulden ein und fünfzig Kreuzer, an die Stubentür, und als er nach Haus kam, und die Frau erblickte, «nichts als Schimpf und Schande hat man von dir, du Vergeuderin», sagte er zu ihr. «Und nichts als

Unehre und Verdruss hat man von dir, du Säufer, du der und jener, du Knicker», sagte sie. Da stieg es schwarz und grimmig in seinem Herzen auf, und die zwei bösen Geister die in ihm wohnten, nämlich der Zorn und der Rausch, sagten zu ihm: «Wirf die Bestie in die Donau.» Das liess er sich nicht zweimal sagen. «Wart ich will dir zeigen, du Vergeuderin («du Knicker», sagte sie ihm drauf), ich will dir schon zeigen, wo du hingehörst», und trug sie in die Donau. Und als sie schon mit dem Mund im Wasser war, aber die Ohren waren noch oben, rief der Unmensch noch einmal, «du Vergeuderin». Da hob die Frau noch einmal die Arme aus dem Wasser empor, und drückte den Nagel des rechten Daumens auf den Nagel des linken, wie man zu tun pflegt, wenn man einem gewissen Tierlein den Garaus macht, und das war ihr Letztes. – Dem geneigten Leser, der auf Recht und Gerechtigkeit hält, wird man nicht sagen dürfen, dass der unbarmherzige Mörder auch nimmer lebt, sondern er ging heim, und henkte sich noch in der nämlichen Nacht an einen Pfosten.
(1810)

Sonst sagt man, der Horcher an der Wand hört seine eigene Schand. Manchmal aber kann man auch sagen: «Der Schreiber an die Wand schreibt seine eigene Schand», zum Beispiel der weiland Herr Kanzler Hans Kurz von Wirtenberg. Ob derselbe mit den Geschäften seiner Herrn Räte und Schreiber zufrieden war, oder nicht zufrieden, genug er ergriff eines Tages ein Stücklein Kreide und schrieb an die Türe der Kanzleistube:

«Allhier geht's wunderlich zue.»

Bald darauf, als der Herzog selber diese Zeile erblickte, ob derselbe sonst mit dem Kanzler zufrieden war oder nicht zufrieden, genug er suchte ebenfalls ein Stücklein Kreide, und schrieb darunter die zweite Zeile:

«Hans Kurz hilft auch dazue.»

Bald darauf, als wieder diese Worte der Kanzler erblickte, ob er gemerkt hat, dass sie eine vornehmere Hand geschrieben hat, als die seinige war, oder ob er's nicht gemerkt hat, genug er liess es darauf ankommen und setzte unter die zweite Zeile die dritte Zeile:

«Das hat eine ungewaschene Hand geschrieben.»

Und zum Trumpfaus schrieb er seinen Namen darunter, «Hans Kurz». – Jetzt komm! – Als aber der Herzog wieder las, was der Kanzler geschrieben hatte, dachte er: «Wart, *Kurz*, diesmal sollst du das letzte Wort haben.» Nämlich er netzte einen Finger, und löschte nur die zweite Zeile, die er selber geschrieben hatte wieder aus, also dass jetzt unter des Kanzlers eigener Schrift die Worte standen: *«Das hat eine ungewaschene Hand geschrieben.»*

Als hernach der Kanzler wieder sah, was für eine Veränderung vorgegangen war, hatte er keine Wahl mehr, sondern er netzte ebenfalls einen Finger, und löschte seine eigene zwei Zeilen auch wieder aus, und hat nachgehends keiner zum andern gesagt: das habt Ihr getan, oder das hab Ich getan, oder so.

Merke: Man muss sich nie an vornehmern, aber auch nicht an witzigern Leuten reiben wollen, als man selber einer ist, ausgenommen, wenn man eine Unehre davon tragen will.

Merke: Gemeine und grobe Naturen schlagen alsogleich mit Scheltworten und Fäusten drein, wenn etwas gesagt wird, was auf sie will gemünzt scheinen. Verständige und feine Leute wissen den Mutwillen und die Grobheit auf eine spitzige und witzige Art heim zu weisen, und ihren Respekt zu erhalten. Der Kanzler hat dem Herzog nichts mehr an die Türen geschrieben.
(1813)

PIERRE KRETZ

D'r Hànsel ùn 's Gretel

Noochgelase ùn ìn d'Orthal-Gràfie ùmgsetzt
vùm Adrien Fernique

Wo's gheissa het, dia zwei hirota, sìn àlli baff gsì ìm Dorf. «Wàs, dia zwei?», han àlli gsajt.

Ja, dè zwei. Gràd dia zwei.

Sie, vùm Ùnterdorf, wohnt allein ìma kleina Hiisel, zìtter àss ìhri Müater ìm hocha Àlter gstorwa ìsch. Redd mìt niames, littschèjig, àltledig fer d'Ewigkeit ... han àlli gedankt ìm Dorf.

Ar, vùm Ewerdorf, het noch ìmmer allein gelabt. Noch nia ìsch ebber ìn sin Hüss. Het kenn Frìnd, verkràcht mìt àlla Noochber, zornig, àltledig fer d'Ewigkeit ... han àlli gedankt ìm Dorf.

Waja dam han's d'Litt küüm geglàuibt, dìss mìt de Hochzitt vùn dana zwei. Do sìeht m'r, en passant, àss es nìt ìmmer stìmmt, wann àlli Litt vùma Dorf 's namliga danka.

Nàtiirlig hatt m'r garn erfàhra, wè die beida ùff dia komisch Idee kùmma sìn, odder wo sie sìch getroffa, fer àlles üsszeredda. Àwwer do het m'r nix erfàhra. «Nà ja», han d'Litt d'rnooh gsajt, «'s ìsch àu egàl. D'Hàuiptsàch ìsch, jeder Hànsel fìndt sin Gretel odder nìt?»

Fer ìhri Hochzitt han sie niames iigelàda. Àwwer d'Kìrich ìsch voll gstopft gsì wè noch nia. Do sìeht m'r wàs fer Wùnder de Wùnderfìtz mìt sìch brìnga kàà!

Àm And vùn de Zeremonie het de Pfàrrer gsajt: «Von nun an», het'r gsajt, «seid ihr nur noch eine Person. Ab diesem Tag nimmt euer Schicksal nur noch einen einzigen Weg.»

Noh het'r a pàär làngi Sekùnda nix gsajt. Grooses Stìlla ìn de Kìrich. A Ewigkeit han sie gedüürt, dia pàär Sekùnda. De Hànsel ùn 's Gretel sìn do gstànda wè zwei Stàtüta. Ùn hìnter ìhna, ìn de Kìrich, wùrd a mànicher gedankt hà: «Ja doo, dìss ìsch àlles scheen ùn racht nùmma einer Waj, àwwer weller Waj, de Waj Rìchtùng Ewerdorf odder de Waj Rìchtùng Ùnterdorf?»

Nàtiirlig kenn Hochzittszùgg vorgsah. War wart do schon mìtgeloffa? Dùrich a Nawestìr ìsch ùnser «jùnges Ehepààr» d'Kìrich nüss. Ùn küüm drüssa het's ààgfànga.

Hànsel: Àlso jetzt gehn m'r ze mìr ìns Ewerdorf.

Gretel: Kommt nìt ìn Froj. Ìns Ùnterdorf gehn m'r wè üssgemàcht.

Hànsel: Nix ìsch üssgemàcht. Ùn ìm Gsetz steht, às es de Mànn ìsch, wo ...

Gretel: Àlso bìn ìch a Liajera?

Hànsel: Ìsch m'r egàl wàs da bìsch, àwwer jetzt gehn m'r ìns Ewerdorf.

Gretel: Ùn ìch geh ìns Ùnterdorf. Ùn wann da nìt mìt m'r kùmmsch, geh ìch allein.

'S ìsch àls hetfiger worra. D'Litt han de Maire gholt, ar soll doch iisprìnga. «De Mànn ìsch de Fàmìliachef, àlso tüat ar entscheida, wo de Fàmìliasìtz ìsch», het'r gsajt, de Maire. Noh sìn sie nùff, ìns Ewerdorf, fer d'Hochzittsnàcht. Ùn viel Litt, Kìnder hàuiptsachlich, sìn na noohgeloffa. A lùschtiger, làwandiger, improvisiarter Hochzittszùgg!

Eins müass m'r wìssa: Dìss Dorf ìsch noch ìmmer a sehr trürigs Dorf gsì, a Dorf, wo nia nix pàssiart. Wann àls Litt dùrich gfàhra sìn, mìt Kütscha – dann dìss ìsch a sehr, sehr àlti Gschìcht –, han sie àls nùmma gsajt: «Oh jeee, a trüriger Kàff. Ìmmer àlli Lada züa. Do mecht i jetzt nìt lawa.» Ùn dia vùn de Noochbersdärfer han sìch ìmmer lùschtig gemàcht ìwwer sini Iiwohner: «Nix àss Trürwiida», han sie àls gsajt.

D'erscht Nàcht, àlso d'Hochzittsnàcht, ìsch's schùn losgànga. Gebrials, Schìmpfwärter, verschlàjenes Gschìrr. D'Noochber ìm Ewerdorf han Miahj ghett, fer ze schlofa. Dann ìn dam Kàff het normàlerwiis àn de àchta schùn àlles gschlofa. Vìeh ùn Menscha. Ùn jedi Nàcht ìsch's schlìmmer worra.

Genàui a Wùch nooch de Hochzitt, gràd vorem Mìddàjasse, ìsch 's Gretel's Hüss nüss, het d'Tìr züagebammert ùn ìsch Rìchtùng Ùnterdorf geloffa. De Hànsel hìnta nooh. Ùn d'rnooh ìsch's losgànga.

Gretel: Nixnùtz, Lùmpaseckel

Hànsel: Verdàmmtes Lüader

Gretel: Hornochs, Gitzhàls

Hànsel: Bisszàng, Hax

Gretel: Dolle, Bettbrùnzer

De Hànsel ìsch d'rnooh wìdder allein 's Dorf nùff. Àwwer mànichmol het'r wìdder a pààr Daj ìm Ùnterdorf verbrocht. 'S het nia làng gedüürt. Gebrials, Schìmpfwärter, verschlàjenes Gschìrr ìm Ùnterdorf. Noochber, wo nìt känna schlofa. Noh ìsch's wìdder losgànga, mìtem Theàter ùff de Hàuiptstroos, dìss Mol Rìchtùng Ewerdorf. Ùn noh sìn ùff einmol àlli Lada vùm Dorf ùffgànga. Litt àn de Fanschter, wo sìch freia. Kìnder àn de Stroos, wo klàtscha ùn wo d'Ohra spìtza, dann dìss ìsch fer sie a rìchtiger Sprochkùrs gsì, a einzigi Gelajaheit, fer nèji Wärter ze lehra. Ùn fer d'Erwàchsena, a wùnderbàri Frèilìchtbühn. Ùn noch gràtis dezüa.

Ar: Gackel, Fattsàck

Sie: Füllanzer, Drackspàtz

Ar: Hüar, Gìftschlàng

Sie: Füllsàck, Gàuiner

Ar: Kritzspìnn

Sie: Hornochs

Ìmmer de salb Waj: d'Dorfstroos. Amol Rìchtùng Ewerdorf. Amol Rìchtùng Ùnterdorf. Genàui wè's de Pfàrrer gsajt het, wo sie ghirota han: «Ab diesem Tag nimmt euer Schicksal nur noch einen einzigen Weg.» Ìhr «einziger Weg» ìsch hàlt ewa d'Dorfstroos gsì.

Dìss Hin-ùn-har het a pààr Johr gedüürt. Ìhri Prozession dùrich's Dorf, Lada, wo plätzlig ùffgehn, Kìnder àn de Stroos, wo klàtscha. Dìss het so zem Dorflawa gheert. M'r het sìch gfreit drùff. Andlig ìsch ìn dam Kàff, wo nia nix pàssiart ìsch, amol ebs los gsì, andlig.

Àwwer àma scheena Dàj ìsch de Hànsel drowwa gebliwwa ùn 's Gretel drùnta. A jeder ìn sinera Baitz. Ze àlt? Ze miad? Ìn àlla Fall, ferti mìt de lùschtiga Ùmzìgg dùrich's Dorf. Vùn jetzt àb bliin d'Lada züa. A grooser Verlùscht fers Dorflawa. Kenn Frèilìchtbühn meh fer d'Erwàchsena. Kenn Sprochkùrs meh fer d'Jìngera.

Niames het gewìsst, worum àss die beida amol ghirota han. Ùn niames het verstànda, worum àss àma scheena Dàj de Hànsel definitiv ìm Ewerdärfel geblìwwa esch ùn 's Gretel definitiv ìm Ùnterdärfel.

Sie sìn schiins beidi sehr àlt worra. Wo sie gstrorwa sìn, einer noochem àndera, ìm salwa Wìnter, het m'r sie schùn làng vergassa ghett. Kè Mensch fer ìhri Licht ìn de Kìrich, wo voll ìsch gsì, wo sie ghirota han, làngi Johra vorhar. «Wè gelabt so gstorwa», heisst's schiins. Ja viellicht. Àwwer trotzdam, dia Ùndànkbàrkeit, dia Ùndànkbàrkeit vùm Püblikùm, wo johralàng Stroosatheàter gràd vor sim Hüss, gràtis, het känna geniassa, ùn wo àlles vergassa het. Ìsch dìss nìt trürig? So sìn sie hàlt, d'Menscha ...

Ùn jezt noch a kleini Üsskùnft fer «die geneigten Leser», wo viellicht amol vorhan, a kleiner Bsüach ùff die Gräwer vùm Hànsel ùn vùm Gretel ze màcha. Gräwer dann jeder het nàtiirlig si eijenes Gràb.

Beidi Gräwer sìn verwàchsa. Dornhecka, Holderbaim. M'r kànn sie àwwer noch finda, wann m'r güat süacht. Ìm Hànsel sin gràb lìjt ìm Ewerteil vùm Gottsàcker, gànz owwa lìnks. Ìm Gretel sins, ìm Ùnterteil, gànz ùnta rachts.

JOHANN PETER HEBEL

Schreckliche Unglücksfälle in der Schweiz

Der zwölfte Dezember des vergangenen Winters brachte für die hohen Bergtäler der Schweiz eine fürchterliche Nacht, und lehrt uns, wie ein Mensch wohl täglich Ursache hat, an das Sprüchlein zu denken: «Mitten wir im Leben sind mit dem Tod umfangen.» Auf allen hohen Bergen lag ein tiefer frisch gefallener Schnee. Der zwölfte Dezember brachte Tauwind und Sturm. Da dachte jedermann an grosses Unglück, und betete. Wer sich und seine Wohnung für sicher hielt, schwebte in Betrübnis und Angst für die Armen, die es treffen wird, und wer sich nicht für sicher hielt, sagte zu seinen Kindern: «Morgen geht uns die Sonne nimmer auf», und bereitete sich zu einem seligen Ende. Da rissen sich auf einmal und an allen Orten von den Firsten der höchsten Berge die Lawinen oder Schneefälle los, stürzten mit entsetzlichem Tosen und Krachen über die langen Halden herab, wurden immer grösser und grösser, schossen immer schneller, toseten und krachten immer fürchterlicher, und jagten die Luft vor sich her so durcheinander, dass im Sturm, noch ehe die Lawine ankam, ganze Wälder zusammen krachten, und Ställe, Scheuren und Waldungen wie Spreu davon flogen, und wo die Lawinen sich in den Tälern niederstürzten, da wurden Stunden lange Strecken, mit allen Wohngebäuden, die darauf standen, und mit allem Lebendigen, was darin atmete, erdrückt und zerschmettert, wer nicht wie durch ein göttliches Wunder gerettet wurde.

Einer von zwei Brüdern in Uri, die mit einander hauseten, war auf dem Dach, das hinten an den Berg anstosst, und dachte: «Ich will den Zwischenraum zwischen dem Berg und dem Dächlein mit Schnee ausfüllen und alles eben machen, auf dass, wenn die Lawine kommt, so fahrt sie über das Häuslein weg, dass wir vielleicht» – und als er sagen wollte: «dass wir vielleicht mit dem Leben davon kommen» – da führte ihn der plötzliche Windsbraus, der vor der Lawine hergeht, vom Dach hinweg und hob ihn schwebend in der Luft, wie einen Vogel über einem entsetzlichen Abgrund. Und als er eben in Gefahr war in die unermessliche Tiefe hinab zu stürzen, und wäre seines Gebeins nimmer gefunden worden, da streifte die Lawine an ihm vorbei, und warf ihn seitwärts an eine Halde. Er sagt, es habe ihm nicht wohl getan, aber in der Betäubung umklammerte er noch einen Baum, an dem er sich fest hielt, bis alles vorüber war, und kam glücklich davon und ging wieder heim zu seinem Bruder, der auch noch lebte, obgleich der Stall neben dem Häuslein wie mit einem Besen weggewischt war. Da konnte man wohl auch sagen: «Der Herr hat seinen Engeln befohlen über dir, dass sie dich auf den Händen tragen. Denn er macht Sturmwinde zu seinen Boten, und die Lawinen, dass sie seine Befehle ausrichten.»

Anders erging es im *Sturnen*, ebenfalls im Kanton Uri. Nach dem Abendsegen sagte der Vater zu der Frau und den drei Kindern: «Wir wollen doch auch noch ein Gebet verrichten für die armen Leute, die in dieser Nacht in Gefahr sind.» Und während sie beteten, donnerte schon aus allen Tälern der ferne Wiederhall der Lawinen, und während sie noch beteten, stürzte plötzlich der Stall und das Haus zusammen. Der Vater wurde vom Sturmwind hinweg geführt, hinaus in die fürchterliche Nacht, und unten am Berg abgesetzt und von dem nachwehenden Schnee begraben. Noch lebte er, als er aber den andern Morgen mit unmenschlicher Anstrengung sich hervorgegraben, und die Stätte seiner Wohnung wieder erreicht hatte, und sehen wollte, was aus den Seinigen geworden sei, barmherziger Himmel! da war nur Schnee und Schnee, und kein Zeichen einer Wohnung, keine Spur des Lebens mehr wahrzunehmen. Doch vernahm er nach langem ängstlichem Rufen, wie aus einem tiefen Grab, die Stimme seines Weibes unter dem Schnee herauf. Und als er sie glücklich und unbeschädiget hervor gegraben hatte, da hörten sie plötzlich noch eine bekannte und liebe Stimme: «Mutter, ich wäre auch noch am Leben», rief ein Kind, «aber ich kann nicht heraus.» Nun arbeiteten Vater und Mutter noch einmal und brachten auch das Kind hervor, und ein Arm war ihm gebrochen. Da ward ihr Herz mit Freude und Schmerzen erfüllt, und von ihren Augen flossen Tränen des Dankes und der Wehmut. Denn die zwei andern Kinder wurden auch noch heraus gegraben, aber tot.

In Pilzeig, ebenfalls im Kanton Uri, wurde eine Mutter mit zwei Kindern fortgerissen, und unten in der Tiefe vom Schnee verschüttet. Ein Mann, ihr Nachbar, den die Lawine ebenfalls dahin geworfen hatte, hörte ihr Wimmern und grub sie hervor. Vergeblich war das Lächeln der Hoffnung in ihrem Antlitz. Als die Mutter halb nackt umher schaute, kannte sie die Gegend nicht mehr, in der sie war. Ihr Retter selbst war ohnmächtig niedergesunken. Neue Hügel und Berge von Schnee, und ein entsetzlicher Wirbel von Schneeflocken füllten die Luft. Da sagte die Mutter: «Kinder, hier ist keine Rettung möglich; wir wollen beten, und uns dem Willen Gottes überlassen.» Und als sie beteten, sank die siebenjährige Tochter sterbend in die Arme der Mutter, und als die Mutter mit gebrochenem Herzen ihr zusprach, und ihr Kind der Barmherzigkeit Gottes empfahl, da verliessen sie ihre Kräfte auch. Sie war eine 14tägige Kindbetterin, und sie sank mit dem teuern Leichnam ihres Kindes in dem Schoss, ebenfalls leblos darnieder. Die andere eilfjährige Tochter hielt weinend und händeringend bei der Mutter und Schwester aus, bis sie tot waren, drückte ihnen alsdann, eh' sie auf eigene Rettung bedacht war, mit stummem Schmerz die Augen zu, und arbeitete sich mit unsäglicher Mühe und Gefahr erst zu einem Baum, dann zu einem Felsen herauf und kam gegen Mitternacht endlich an ein Haus, wo sie zum Fenster hinein aufgenommen, und mit den Bewohnern des Hauses erhalten wurde.

Kurz in allen Berg-Kantonen der Schweiz, in Bern, Glarus, Uri, Schwyz, Graubünden, sind in Einer Nacht, und fast in der nämlichen Stunde, durch die Lawinen ganze Familien erdrückt, ganze Viehherden mit ihren Stallungen zerschmettert, Matten und Gartenland bis auf den nackten Felsen hinab aufgeschürft und weggeführt, und ganze Wälder zerstört worden, also dass sie ins Tal gestürzt sind, oder die Bäume liegen übereinander zerschmettert und zerknickt, wie die Halmen auf einem Acker nach dem Hagelschlag. Sind ja in dem einzigen kleinen Kanton Uri fast mit Einem Schlag 11 Personen unter dem Schnee begraben worden, und sind nimmer auferstanden, gegen 30 Häuser, und mehr als 150 Heuställe zerstört und 359 Häuptlein Vieh umgekommen, und man weiss gar nicht, auf wie viel mal hundert tausend Gulden soll man den Schaden berechnen, ohne die verlornen Menschen. Denn das Leben eines Vaters oder einer Mutter oder frommen Gemahls oder Kindes ist nicht mit Gold zu schätzen.

TIM KROHN

Lawinenwinter

Bis vor einiger Zeit konnte man nachts in Vals eine alte Frau am Dorfbrunnen knien sehen, wo sie zur Marienstatue betete, die den Brunnen schmückt, stumm, mit gesenktem Kopf.

Die Frau hiess Sonja Tönz, verehelichte Peng, und war in den Neunzehnzwanzigerjahren einige Häuser weiter geboren worden. Vor Kriegsausbruch begann sie eine Ausbildung als Krankenschwester in Chur, brach sie aber ab, als Alois Peng, Sohn des Metzgermeisters und selber Metzger, um ihre Hand anhielt. Er war bereits Anfang dreissig, Sonja Tönz war achtzehn, und sie heirateten mit der Absicht, eine Familie zu gründen, und bezogen ein grosses Haus beim Dorfplatz, der damals noch kein Platz war, sondern die Allmend und Viehtränke. Sonja Peng wurde einmal schwanger, verlor das Kind jedoch noch vor der Geburt, und ein zweites wollte nicht kommen.

Inzwischen war der Weltkrieg ausgebrochen. Wie überall in der Schweiz wurde auch in Vals nachts verdunkelt, auch einige Burschen aus dem Dorf waren eingezogen worden, ansonsten war vom Krieg nicht viel zu spüren. Nur flogen öfters Bomber der Alliierten von ihren Stützpunkten in Italien oder Frankreich über das Valsertal, um deutsche Ziele zu bombardieren. Die Kinder rannten dann aufs Feld und winkten den Piloten, während die Jäger fluchten, der Fluglärm erschrecke das Wild, so dass es in die Tobel stürze. Alois Peng fluchte nicht mit, obwohl auch er zur Jagd ging. In der Armee diente er nicht, er hatte ein verkürztes Bein, und dass sie keine Kinder hatten, machte ihn schweigsam. Sonja Peng war als Mädchen laut gewesen, eine mit Witz, doch neben Alois Peng wurde auch sie still.

Im Sommer 1944 brach im Dorf die Kinderlähmung aus, Sonja Peng half als Krankenpflegerin aus. Das kantonale Sanitätsamt hatte einen Spezialisten geschickt, dessen Gehilfe Corsin Casutt hiess, Anfang zwanzig war und Sonja sehr gefiel. Fünf Kinder starben ihnen in jenem Sommer unter den Händen, doch sieben konnten sie retten. Und was immer geschah – die Kinder erstickten qualvoll –, Corsin blieb ruhig, hatte immer ein Spässlein parat und heiterte Sonja in schwierigen Momenten auf.

Er blieb nicht lange im Dorf, doch im Winter kam er wieder, um bei den Gesundeten die Blutwerte nachzumessen, und diesmal richtete Sonja es so ein, dass er zum Mittagessen in ihr Haus kam. Als sie Alois aus dem Haus schickte, damit er Milch für den Kaffee hole, war sie zum ersten Mal mit Corsin allein. Doch eben da flog wieder ein amerikanischer Bomber über das Tal, und diesmal liess er seine Fracht aufs Dorf niederfallen. Acht Bomben explodierten, zwei waren Blindgänger. Das zweijährige Kind ihrer Schwägerin wurde auf dem Dorfplatz im Wägelchen von einem Stein erschlagen, anderen brach das Haus über dem Kopf ein. Alois Peng, der unterwegs zu einem Bauern war, weil über Mittag die Sennerei und der Dorfladen geschlossen hatten, durchbohrte ein Bombensplitter den Lungenflügel. Er konnte operiert werden, doch richtig heilen wollte die Verletzung nicht, und vier Jahre später starb er doch daran. Ein Kind hatten sie nicht mehr gezeugt.

Drei Jahre nach dem Unglück zog Corsin nach Camp, nicht weit von Vals, er hatte inzwischen Frau und Kind. Er war nun Veterinär, Sonja Peng half in der Metzgerei ihres Schwiegervaters, so trafen sie einander regelmässig. Sie redeten aber nicht miteinander, es war zu viel zwischen ihnen, Gutes und Schmerzliches. Dann aber wurde in Sonja Pengs Nachbarschaft das Haus verkauft, in dem Sonja und Corsin sich kennengelernt hatten, weil dort ein Mädchen an Kinderlähmung starb. Die Familie zog danach nach Amerika. Corsin Casutt kaufte es und zog mit seiner Frau und seinen zwei Buben ein.

Der Winter wurde hart, im Januar 1951 schneite es dreimal mehr als in anderen Jahren. Sonjas Eltern gehörte ein Ziegenstall auf halber Höhe zur Alp Leis. Als es ihnen nicht mehr gelang, sich durch den Schnee zu kämpfen, um die Ziegen zu versorgen, beschloss Sonja zu gehen, obwohl schon zwei Lawinen niedergegangen waren und ein Stall verschüttet worden war.

Corsins Frau Franziska versuchte sie zurückzuhalten. Lass das den Corsin machen, du ersäufst doch im Schnee, sagte sie. Corsin Casutt war zwei Köpfe grösser als Sonja. Doch Sonja beharrte darauf zu gehen, und da auch Franziska nicht nachliess, gingen Corsin und Sonja schliesslich gemeinsam. Schweigend kämpften sie sich durch den Schnee, Corsin ging voraus, Sonja blieb in seiner Spur. Stumm versorgten sie auch die Tiere.

Inzwischen war es dunkel, und der Schneesturm wütete so heftig, dass sie fürchten mussten, sich auf dem Heimweg zu verirren.

«Wir müssen warten, bis es nachlässt», sagte Corsin.

«Es wird nie nachlassen», sagte Sonja und begriff erst danach, dass Corsin nur vom Wetter geredet hatte.

Er stutzte, dann nickte er. «Hoffentlich lässt es nie nach», murmelte er und meinte womöglich beides, das Wetter und die Liebe. Dann küsste er sie und zog sie ins Heu.

Doch noch während sie unter den Kleidern nacheinander tasteten, ging über ihnen, am Breiten Grad, eine Lawine nieder, teilte sich, so dass der Geissenstall verschont blieb, doch ein Ausläufer verschüttete im Moos das Haus «Glüüs», während die Hauptlawine das Vals zwischen Dorfbrücke und Therme traf. Sonja und Corsin hörten sie niederdonnern und wussten beide, was der andere dachte. Einen Atemzug lang blieben sie noch liegen, klammerten sich aneinander und zitterten, dann riss Sonja sich los, rannte ins Freie und kämpfte sich durch den Sturm talwärts. Sie betete zu Gott, dass eine Nachlawine auch sie verschlucke, doch vorerst kamen keine mehr.

Der Grossteil des Dorfs lag verschüttet, neunzehn Menschen waren unterm Schnee gestorben, auch Sonjas Eltern und Franziska Casutt mit ihrem älteren Buben. Es gab kaum eine Familie, die keinen verloren hatte. Corsin verliess mit dem jüngeren Buben schon am nächsten Morgen das Tal, er und Sonja hatten sich nicht wiedergesehen.

Sonja lebte in den folgenden Jahren sehr zurückgezogen. Sie arbeitete weiter in der Metzgerei des Schwiegervaters, die inzwischen ein anderer führte.

Zehn Jahre nach dem Unglück wurde der Dorfplatz neu gestaltet, drei Jahre später, 1964, war endlich auch die Marienstatue für den neuen Brunnen fertig, geschaffen von einer Schaffhauser Künstlerin. Daher war es wohl Zufall, dass die Muttergottes und das Jesuskind so sehr Franziska Casutt und ihrem Buben glichen. Die Ähnlichkeit fiel auch sonst keinem auf, doch Sonja Peng war überzeugt, die tote Frau vom Corsin sei wiedergekehrt, um sie zu strafen. Sie mied fortan den Dorfplatz, und zur Kirche, die am Platz lag, ging sie mit verhülltem Gesicht.

Dann, wieder zehn Jahre später, kam auch Corsin zurück, bei einem Gottesdienst stand er plötzlich bei den Witwern. Sonja hatte sich nicht umgesehen, doch sie roch ihn – das erzählte sie jedenfalls dem Pfarrer bei der Beichte. Sie roch Corsin, und ihr Herz hüpfte wie damals, als sie ihm mit achtzehn Jahren das erste Mal begegnet war.

Als sie nach der Messe aus der Kirche trat, erwartete er sie beim Brunnen, auch ihm schien an der Statue nichts aufzufallen. Sie wollte an ihm vorbei, als kenne sie ihn nicht, doch er ging einfach mit, fasste sie am Arm und sagte: «Vor dreissig Jahren hast du mir einen Kaffee versprochen, den ich bis heute nicht bekommen habe.»

Sie musste lachen – sie hatte lange nicht gelacht –, und nahm ihn zu sich, in dieselbe Stube wie damals. Er setzte sich auf denselben Stuhl und sah ihr zu, wie sie mit zitternden Händen die Tassen aus dem Schrank nahm. Er erzählte, dass er inzwischen beim kantonalen Revierforstamt arbeitete, in manchen Bündner Tälern war die Gamsblindheit ausgebrochen, auch oberhalb Vals, und er war beauftragt, die kranken Tiere zu schiessen. Deshalb bewohnte er für ein paar Tage ein Zimmer im Alpenhof.

«Du siehst noch aus wie damals», sagte er, und gleich darauf fasste er ohne Scheu die Hand der abgehärmten, schlecht gepflegten Frau, die sie geworden war, stand auf und zog sie an sich. «Wir haben so viel gelitten», sagte er. «Es muss doch einmal ein Ende haben.»

«Es hat schon ein Ende», sagte sie knapp, befreite sich und ging in die Küche.

Er ging ihr nach, und während er zusah, wie sie Kaffee machte, erzählte er von seinem Buben, der Postauto-Chauffeur geworden war. «Ilanz–Vals ist seine Lieblingsstrecke. Er sagt, sobald die Strasse das Plateau erreicht und das Tal sich öffnet, geht ihm das Herz auf. Ihm ist nicht mehr wichtig, was damals war.»

«Franziska ...», begann Sonja.

«Ist seit einem Vierteljahrhundert tot», unterbrach er sie, «und sie hatte ein glückliches Leben.»

«Ein glückliches Leben, gibt es das?» Sie wusch den Kaffeefilter aus, damit er ihre nassen Augen nicht sah.

Und doch liess sie zu, dass er in jener Nacht bei ihr blieb. Erst gegen vier Uhr früh kehrte er in den Gasthof zurück, holte sein Gewehr und stieg auf den Piz Ault, dort hatten ihm Bauern und Jäger blinde Gämsen gemeldet.

Er kam auch am nächsten Abend zu ihr, und am dritten hatte sie für ihn gekocht, als wäre er ihr Mann.

Sie fragte zwar: «Was redet wohl inzwischen der Wirt im Alpenhof?»

Doch Corsin nahm lachend ihr Gesicht in beide Hände. «Es ist eine ganz andere Zeit als damals, Sonja.»

Es stimmte, der Bau der Staumauer hatte Geld und Fremdarbeiter ins Tal gebracht, der Neubau des Hotels Therme brachte Gäste aus der Stadt, und die Valserwasserwerke machten aus den Bauern Fabrikarbeiter. Die Jungen, die im Flachland lernten, brachten aus Chur und Zürich neue Musik und neue Kleider heim.

«Ach wirklich?», sagte Sonja. «Hier ändert sich doch nichts.»

Doch Corsin hatte recht. Obwohl er, auch nachdem sein Auftrag abgeschlossen war, fast jedes Wochenende wiederkam und bei ihr schlief, gab es kaum Gerede.

Und Sonja veränderte sich, das Abgehärmte verlor sich, sie schämte sich nicht mehr zu lachen.

Corsins Elternhaus am Camp war jahrzehntelang verpachtet gewesen. Jetzt kaufte er dem Bauern, der ins Alter gekommen war und ans Aufhören dachte, die Herde ab und führte den Hof selber. Er wünschte sich, Sonja würde zu ihm ziehen, doch jedesmal, wenn er davon anfing, sagte sie: «Ach, es ist doch nicht von Dauer, Corsin.» So kam er eben weiterhin nachts zu ihr ins Dorf und fuhr in der Früh zum Melken zurück.

In jenem Jahr schneite es anfangs April nochmals über zwei Meter, es wurde mit Lawinen gerechnet, und der Rettungsobmann wollte auch Corsins Hof evakuieren. Doch Corsin sagte zur Sonja: «Was die sich denken, ich lasse doch das Vieh nicht verkommen», und stand wie immer um halb fünf Uhr auf, um es zu füttern und zu melken. Sonja sagte nichts dazu.

Corsin hatte den Stall noch nicht erreicht, da löste sich der Schnee am Piz Tomül, und ein von der Lawine mitgerissener Baumstamm erschlug ihn.

Sonja sagte später zum Pfarrer, als sie nur die Lawine hörte, habe sie bereits gewusst, dass er tot sei. Der Pfarrer war fortan der einzige, mit dem sie noch sprach. Sie fühlte sich so schuldig, dass sie nicht mehr zur heiligen Kommunion ging, doch der Pfarrer brachte ihr die Hostie jeweils an den Platz und wies auch seinen Nachfolger an, es so zu halten.

Sie lebte noch fünfunddreissig Jahre allein in ihrem grossen Haus, betete nachts am Dorfbrunnen und flehte Franziska um ein Zeichen an, wie sie ihre Schuld verbüssen könne. Sie wurde zunehmend verwirrt, zweimal fand die Gouvernante des Hotels Therme sie in der Lingerie in einen Berg Bettwäsche vergraben, sie sprach davon, dass endlich eine Lawine sie erwischt habe. Nach dem zweiten Mal wurde sie ins Pflegeheim nach Ilanz gebracht, dort starb sie auch. Ihr Haus im Dorf steht seither leer.

BEAT STERCHI

12. Januar 1999

Am Morgen des 12. Januar 1999 wurde gemäss der «Neuen Zürcher Zeitung» zwischen 9.30 Uhr und 9.45 Uhr im Besprechungszimmer eines Oberstufenschulhauses in St. Gallen ein Lehrer durch mehrere Schüsse getötet, während in einem anderen Land, nämlich in Kolumbien, in den vier vorangegangenen Tagen 130 Personen – zumeist Bauern – von paramilitärischen Gruppen umgebracht worden waren und sich die Zahl der Ermordeten in den Vereinigten Staaten seit Jahresbeginn auf neun Personen belief. In Japan kamen am besagten Januarmorgen drei Personen bei schweren Schneefällen ums Leben, und abends wurde auf dem Sender SF 1 der Prokurist Josef Kernbacher von einem anderen Mann erwürgt, während auf 3sat ein kanadischer Steuerfahnder versuchte, über die Ermordung seiner Tochter hinwegzukommen. Gleichzeitig begegnete eine gewisse Adelheid in einer Serie auf ARD ihren Mördern, und beim Südwestfunk waren derweil die Kopfgeldjäger New Yorks für eine Handvoll Dollar zu haben. Auf ORF 1 wurde um 20.15 Uhr ein gewisser S. das Opfer einer Leidenschaft, und auf RTL starb um 20.15 Uhr eine Frau namens Eva eines gewaltsamen Todes. Ein weiterer tragischer Fall nahm um 22.45 Uhr im ZDF eine tödliche Wendung, und um 0.10 Uhr ertönte auf dem Sender Vox ein Schrei in der Dunkelheit, bevor auf ORF 2 der gewisse S. in der Wiederholung um 1.20 Uhr noch einmal das Opfer besagter Leidenschaft wurde.

JOHANN PETER HEBEL

Baumzucht

Der Adjunkt tritt mit schwarzen Lippen, ohne dass er's weiss, mit blauen Zähnen und herabhängenden Schnüren an den Beinkleidern, zu dem Hausfreund. «Die Kirschen», sagt er, «schmecken mir doch nie besser, als wenn ich selber frei und keck wie ein Vöglein auf dem luftigen Baum kann sitzen, und essen frisch weg von den Zweigen die schönsten, – auf einem Ast ich, auf einem andern ein Spatz.»

«Wir nähren uns doch alle», sagt er, «an dem nämlichen grossen Hausvaters Tisch und aus der nämlichen milden Hand, die Biene, die Grundel im Bach, der Vogel im Busch, das Rösslein und der Herr Vogt, der darauf reitet.»

«Hausfreund», sagt der Adjunkt, «singt mir einmal in Eurer Weise das Liedlein vom Kirschbaum. Ich will dazu pfeifen auf dem Blatt.»

Der lieb Gott het zum Früehlig gseit:
«Gang, deck im Würmli au si Tisch!»
Druf het der Chries-Baum Blätter treit,
viel tausig Blätter grün und frisch.

Und's Würmli usem Ey verwachts,
's het geschlofen in si'm Winterhuus,
es streckt si, und sperrt's Müüli uf,
und ribt die blöden Augen us.

Und druf se hets mit stillem Zahn
am Blättli g'nagt enander no
und gseit: «Wie ist das Gmües so gut!
Me chunnt schier nimme weg dervo.»

Und wieder het der lieb Gott gseit:
«Deck jez im Immli au si Tisch.»
Druf het de Chries-Baum Blüethe treit,
viel tausig Blüethe wiiss und frisch.

Und's Immli sieht's und fliegt druf los,
früeih in der Sunne Morge-Schin.
Es denkt: «Das wird mi Caffi sy,
sie hen doch chosper Porzelin.

Wie sufer sin die Chächeli gschwenkt!»
Es streckt si trochche Züngli dri.
Es trinkt und seit: «Wie schmeckts so süess,
do muess der Zucker wohlfeil sy.»

Der lieb Gott het zum Summer gseit:
«Gang, deck im Spätzli au si Tisch!»
Druf het der Chriesbaum Früchte treit.
Viel tausig Chriesi rot und frisch.

Und's Spätzli seit: «Isch das der B'richt?
Do sizt me zu, und frogt nit lang.
Das git mer Chraft in Mark und Bei',
und stärkt mer d'Stimm zum neue Gsang.»

«Hausfreund», sagt der Adjunkt, «hat Euch auch manchmal der Feldschütz verjagt ab den Kirschbäumen in Eurer Jugend? Und habt Ihr, wenn's noch so dunkel war, den Weg doch gefunden auf die Zwetschenbäume im Pfarrgarten zu Schopfen, und Äpfel und Nüsse eingetragen auf den Winter, wie meiner Schwiegermutter ihr Eichhörnlein, das sie Euch geschenkt hat? Man denkt doch am längsten dran, was einem in der Jugend begegnet ist.»

«Das geht natürlich zu», sagt der Hausfreund, «man hat am längsten Zeit, daran zu denken.»

Der lieb Gott het zum Spötlig gseit:
«Ruum ab! sie hen iez alli g'ha.»
Druf het e chüele Bergluft gweiht,
und's het scho chleini Rife g'ha.

Und d'Blättli werde gel und rot
und fallen eis im andere no
und was vom Boden absi chunnt,
muss au zum Bode nidsi go.

Der lieb Gott het zum Winter gseit:
«Deck weidli zu, was übrig ist.»
Druf het der Winter Flocke gstreut.

«Hausfreund», sagt der Adjunkt, «Ihr seid ein wenig heiser. Wenn ich die Wahl hätte, ein eigenes Kühlein oder ein eigener Kirschbaum, oder Nussbaum, lieber ein Baum.»

Der Hausfreund sagt: «Adjunkt, Ihr seid ein schlauer Gesell. Ihr denkt, wenn ich einen eigenen Baum hätte, so hätt' ich auch einen eigenen Garten, oder Acker, wo der Baum darauf steht. Eine eigene Haustüre wäre auch nicht zu verachten, aber mit einem eigenen Kühlein auf seinen vier Beinen könntet Ihr übel dran sein.»

«Das ist's eben», sagt der Adjunkt, «so ein Baum frisst keinen Klee und keinen Haber. Nein, er trinkt still wie ein Mutterkind den nährenden Saft der Erde, und saugt reines warmes Leben aus dem Sonnenschein, und frisches aus der Luft, und schüttelt die Haare im Sturm. Auch könnte mir das Kühlein zeitlich sterben. Aber so ein Baum wartet auf Kinder und Kindeskinder mit seinen Blüten, mit seinen Vogelnestern und mit seinem Segen.» Die Bäume wären die glücklichsten Geschöpfe, meint der Adjunkt, wenn sie wüssten, wie frei und lustig sie wohnen, wie schön sie sind im Frühling und in ihrem Christkindleinsstaat im Sommer, und alles stehen bleibt und sie betrachtet und Gott dankt, oder wenn der Wanderer ausruht in ihrem Schatten, und ein Pfeiflein Taback geniesst, oder ein Stücklein Käs, und wie sie gleich dem Kaiser Wohltaten austeilen können, und Jung und Alt froh machen umsonst, und im Winter allein nicht heimgehen. Nein, sie bleiben draussen und weisen den Wandersmann zurecht, wenn Fahrwege und Fusspfade verschneit sind: Rechts – jetzt links – jetzt noch ein wenig links über das Berglein.

«Hausfreund», sagt der Adjunkt, «wenn Ihr einmal Vogt werdet, Stabhalter seid Ihr schon, oder gar Kreisrat, das Alter hättet Ihr, so müsst Ihr Euere Untergebenen fleissig zur Baumzucht und zur Gottseligkeit anhalten, und ihnen selber mit einem guten Beispiel voranleuchten. Ihr könnt Euerer Gemeinde keinen grösseren Segen hinterlassen. Denn ein Baum, wenn er gesetzt oder gezweigt wird, kostet nichts oder wenig, wenn er aber gross ist, so ist er ein Kapital für die Kinder, und trägt dankbare Zinsen. Die Gottseligkeit aber hat die Verheissung dieses und des zukünftigen Lebens.»

«Wenn ich mir einmal so viel bei Euch erworben habe», sagt der Adjunkt zum Hausfreund, «dass ich mir ein eigenes Gütlein kaufen und meiner Schwiegermutter ihre Tochter heiraten kann, und der liebe Gott beschert mir Nachwuchs, so setze ich jedem meiner Kinder ein eigenes Bäumlein, und das Bäumlein muss heissen wie das Kind, Ludwig, Johannes, Henriette, und ist sein erstes eigenes Kapital und Vermögen, und ich sehe zu, wie sie miteinander wachsen und gedeihen und immer schöner werden, und wie nach wenig Jahren das Büblein selber auf sein Kapital klettert und die Zinsen einzieht. Wenn mir aber der liebe Gott eines von meinen Kindern nimmt, so bitte ich den Herrn Pfarrer oder den Dekan, und begrabe es unter sein Bäumlein, und wenn alsdann der Frühling wiederkehrt, und alle Bäume stehen wie Auferstandene von den Toten in ihrer

Verklärung da, voll Blüten und Sommervögel und Hoffnung, so lege ich mich an das Grab, und rufe leise hinab: ‹Stilles Kind, dein Bäumlein blüht. Schlafe du indessen ruhig fort! Dein Maitag bleibt dir auch nicht aus.›»

Er ist kein unwäger Mensch der Adjunkt.

SIMONE LAPPERT

lektionen im aufbäumen

viel gelernt hat sie von den bäumen,
auf die sie geklettert ist bisher,
wenn ihr alles zu viel, oder alles zu wenig:
sich ring um ring zu rinden,
für schmettertage, aufstandsjahre,
sich sturmtief im boden mit andern zu verzweigen,
auch nach den hohen ästen zu greifen,
und nach den grünen,
und wie es sich, bei fossilienbefall,
am besten daran sägt.
viel gelernt hat sie, von all den verbotenen
kirsch-, kastanien-, aprikosenbäumen
hinter zäunen aus erhobenen zeigefingern:
sich im notfall zu verstacheln,
die steine zu ehren, auch die kleinen,
für schleudern gegen kettensägen,
für wärmende kissen gegen kaltes blut,
dass kerne bitter schmecken,
wenn man sie bricht, dass nichts vergeht,
sich aber alles verwandelt,
dass zukunft eine mehrzahl hat
und auch ungefragt im schatten spriesst,
vielleicht nur einen obststeinwurf entfernt.
viel gelernt hat sie von den bäumen,
auf die sie gar nicht hätte klettern dürfen.

JOHANN PETER HEBEL

Der grosse Schwimmer

Vor dem leidigen Krieg, als man noch unangefochten aus Frankreich nach England reisen und in Dover ein Schöpplein trinken, oder Zeug kaufen konnte zu einem Westlein, ging wöchentlich zweimal ein grosses Postschiff von Calais nach Dover durch die Meerenge und wieder zurück. Denn dort ist das Meer zwischen beiden Ländern nur wenige Meilen breit. Aber man musste kommen, eh' das Schiff abfuhr, wenn man mitfahren wollte. Dies schien ein Franzos aus Gaskonien nicht zu wissen, denn er kam eine Viertelstunde zu spät, als man schon die Hühner eintat in Calais, und der Himmel überzog sich mit Wolken. «Soll ich jetzt ein Paar Tage hier sitzen bleiben, und Maulaffen feil haben, bis wieder eine Gelegenheit kommt? Nein», dachte er, «ringer, ich gebe einem Schiffsmann ein 12 Sousstücklein und fahre dem Postschiff nach.» Denn ein kleines Boot fährt geschwinder als das schwere Postschiff und holt es wohl ein. Als er aber in dem offenen Fahrzeuge sass, «wenn ich daran gedacht hätte», sagte der Schiffmann, «so hätt' ich ein Spanntuch mitgenommen»; denn es fing an zu tröpflen, aber wie? In kurzer Zeit strömte ein Regenguss aus der hohen Nacht herab, als wenn noch ein Meer von oben, mit dem Meer von unten sich vermählen wollte. Aber der Gaskonier dachte: «Das gibt einen Spass.» – «Gottlob», sagte endlich der Schiffsmann, «ich sehe das Postschiff.» Als er nun an demselben angelegt hatte, und der Gaskonier war hinaufgeklettert und kam mitten in der Nacht und mitten im Meer auf einmal durch das Türlein hinein zu der Reisegesellschaft, die im Schiff sass, wunderte sich jeder, wo er herkomme, so spät, so allein, und so nass. Denn in einem solchen Meerschiff sitzt man wie in einem Keller und hört vor dem Gespräch der Gesellschaft, vor dem Geschrei der Schiffsleute, vor dem Getöse, vor dem Rauschen der Segel und Brausen der Wellen, nicht was draussen vorgeht, und keinem dachte das Herz daran, dass es regnete. «Ihr seht ja aus», sagte einer, «als wenn Ihr wäret gekielholt, das heisst, unter dem Schiff durchgezogen worden.» – «So? Meint Ihr», sagte der Gaskonier, «man könne trocken schwimmen? Wenn das noch einer erfindet, so will ich's auch lernen, denn ich bin der Bote von Oleron, und schwimme alle Montage mit Briefen und Bestellungen nach dem festen Lande, weil's geschwinder geht. Aber jetzt hab ich etwas in England zu verrichten. Wenn's erlaubt ist», fuhr er fort, «so will ich nun vollends mitfahren, weil ich euch glücklicher Weise angetroffen habe. Es kann den Sternen nach nimmer weit sein nach Dover.» – «Landsmann», sagte einer, und stiess eine Wolke von Tabacksrauch aus dem Mund (es war aber kein Landsmann, sondern ein Engländer), «wenn Ihr von Calais bis hierher geschwommen seid durch das Meer, so seid Ihr noch über den schwarzen Schwimmer in London.» – «Ich gehe keinem aus dem Weg», sagte der Gaskonier. – «Wollt Ihr's mit ihm versuchen», erwiderte der Engländer, «wenn ich hundert Louisdor auf Euch setze?», der Gaskonier sagte: «Mir an!» Reiche Engländer haben im Brauch auf Leute, die sich in einer körperlichen Kunst hervortun, grosse Summen unter einander zu verwetten; deswegen nahm der Engländer im Schiff den Gaskonier auf seine Kosten mit sich nach London, und hielt ihm gut zu mit Essen und Trinken, dass er bei guten Kräften bliebe. «Mylord», sagte er in London zu einem guten Freund, «ich habe einen Schwimmer mitgebracht vom Meer. Gilt's hundert Guineen: Er schwimmt besser, als Euer Mohr?» Der gute Freund sagte: «Es gilt!» Den andern Tag erschienen beide mit ihren Schwimmern auf einem bestimmten Platz an dem Themse-Fluss, und viel hundert neugierige Menschen hatten sich versammelt, und wetteten noch extra, der eine auf den Mohr, der andere auf den Gaskonier, einen Schilling, sechs Schilling; eine, zwei, fünf, zehn, zwanzig Guineen, und der Mohr schlug den Gaskonier nicht hoch an. Als sich aber beide schon ausgekleidet hatten, band sich der Gaskonier mit einem ledernen Riemen noch ein Kistlein an den Leib, und sagte nicht warum, als wenn's so sein müsste. Der Mohr sagte: «Wie kommt Ihr mir vor? Habt Ihr so etwas dem grossen Springer abgelernt, der Bleikugeln an die Füsse binden musste, wenn er einen Hasen fangen wollte, damit er den Hasen nicht übersprang?» Der Gaskonier öffnete das Kistlein, und sagte: «Ich habe nur eine Flasche Wein darin, ein Paar Knackwürste und ein Laiblein Brot. Ich wollte Euch *eben* fragen, wo Ihr Euere Lebensmittel habt. Denn ich schwimme jetzt gerades Wegs den Themse-Fluss hinab in die Nordsee, und durch den Kanal ins atlantische Meer nach Cadix, und wenn's nach mir geht, so kehren wir unterwegs nirgends ein, denn bis Montag, als den 16ten muss ich wieder in Oleron sein. Aber in Cadix im Rösslein will ich Morgen früh ein gutes Mittagsessen bestellen, dass es fertig ist, bis Ihr nachkommt.» Der geneigte Leser hätte kaum gedacht, dass er sich auf diese Art aus der Affäre herausziehen würde. Aber der Mohr verlor Hören und Sehen. «Mit diesem Enterich», sagte er zu seinem Herrn, «kann ich nicht in die Wette schwimmen. Tut was Ihr wollt», und kleidete sich wieder an. Also war die Wette zu Ende, und der Gaskonier bekam von seinem Engländer, der ihn mitgebracht hatte, eine ansehnliche Belohnung, der Mohr aber wurde von jedermann ausgelacht. Denn ob man wohl merken mochte, dass es von dem Franzosen nur Spiegelfechterei war, so fand doch jedermann

Vergnügen an dem kecken Einfall, und an dem unerwarteten Ausgang, und er wurde nachher von allen, die auf ihn gewettet hatten, noch vier Wochen lang in allen Wirtshäusern und Bierkneipen frei gehalten, und bekannte, dass er noch sein Lebenlang in keinem Wasser gewesen sei.

PEDRO LENZ

Der gross Velorennfahrer

Nach em Zwöite Wäutchrieg, wo di grossen internationale Velorenne wieder hei chönne düregfüert wärde, hei aui Sportfründe vou Spannig und Ungduud uf di erschti Tour de France gwartet. Im Johr 1947 isch es de ändlech so wit gsi. D Tour de France het i däm Johr es Fäud vo hundert Fahrer gha. Säubschtverständlech si ou bi dere Tour mehreri schwierige Bärgetappen i den Aupen und i de Pyrenäe uf em Programm gstange. Uf ere bsungers herten Aupenetappe vo Grenoble uf Briançon, wo d Rennfahrer über mehreri Aupepäss hei müesse, isch eine vo de Velorennfahrer, en unbekannte Franzos us der Provinz Cascogne, nid guet im Strumpf gsi. Är het ds Fahrerfäud scho früech müesse lo dervozieh und isch aus Auerletschte vom Fäud zum erschten Ufstieg cho. Am Fuess vom Col du Galibier, em ne unheimlech steile Pass, het dä Franzos e Rückstang uf d Spitze gha, wo nid emou der bescht Bärgspezialischt hät chönnen ufhole. Do het der abghänkt Rennfahrer d Idee gha, am ne Outo us em Begleittross, wo nes Grüppli vo änglische Radioreporter uf e Pass hätt söue bringe, es Zeiche z mache. Ds Outo het aaghaute, der Chauffeur het gfrogt, was los sig, und der Velorennfahrer het zu dene Reporter i sim beschte Schueuänglisch gseit, är heig e Hungerascht, är chöng ke Meter meh fahre, ob si ne vilecht chönnten uflade. Di Journalischte hei Erbarme gha mit däm chraftlose Rennfahrer. Si hei sis Velo uf ds Outodach montiert und hei ne lo iistige.

Ds Outo mit dene änglische Radioreporter het ds Fahrerfäud gli überhout, wöu si möglechscht lang vor den erschte Velorennfahrer uf der Passhöchi vom Col du Galibier hei wöuen aacho. Wo si de dobe si gsi, uf ere Höchi vo 2645 Meter über Meer, hei di Radioreporter sech nümm um ihren

Outostopper chönne kümmere. Si hei sofort mit de nötige Vorbereitige für d Überträgig aagfange.

Der französiche Velorennfahrer het de sis Velo ab em Dach vom Radiowage gno und het im ne dunklen Egge möglechscht unuffäuig uf di erschte Fahrer gwartet. Wo me vo Witem der bescht Chlätterer het gseh uf d Passhöchi zuefahre, isch üse Franzos wieder gstartet, so dass er jetz nümm am Ändi, sondern ar Spitze vom Fahrerfäud isch gsi. «Das wird e Spass!», het er zue sech säuber gseit, wo ner wi ne Pfiiu dür di änge Kurve vor Passtross i ds Tau abedonneret isch.

Dä wo bis dört häre gmeint het gha, är sig zvorderscht, en italiänsche Bärgspezialischt, het sech verwungeret, dass es paar hundert Meter vor ihm en angere Rennfahrer scho bir Passhöchi verbigfahren isch, und dass är offesichtlech numen ar zwöite Stöu isch gläge. Der Iteliäner het gmeint, dä vor ihm sig wahrschiinlech grad bim Etappestart z Grenoble vore wägg, und är heigs eifach nid gmerkt.

Am Etappeziiu ir molerischen Ortschaft Briançon mit sine berüehmte Feschtigsaalage vom 18. Johrhundert, isch de dä Franzos, wo der hertischt Teil vom Rennen im Outo mitgritten isch, aus gfiirete Solosieger is Ziiu cho. D Fans am Strosserand und d Fachlüt vor Press hei ne vou Bewunderig bejublet. Nid emou d Radioreporter, wo ne im Outo hei mitgno gha, si sech bewusst gsi, dass dä Etappesieger jo der gliich Typ isch gsi, wo si im Peugeot hei ufe Pass ufegfüehrt gha.

Bim Radiointerview het de dä fautsch Etappesieger plagiert, für ihn sig di Etappe nid so ne Sach gsi, wöu är sech sehr lang und sehr guet uf das Renne heig vorbereitet. Är sig nämlech trainigshauber ds ganze Johr lang jede Tag und bi jedem Wätter über dä Col du Galibier gfahre, dass er de am Renne ganz sicher der Schnäuscht sig. Zwar sigs e strängi Etappe gsi, het er no gseit, aber wenn er müesst, chönnt er jetz grad wieder starten und di ganzi Strecki no einisch im gliiche Tämpo abespuele.

Är heig en aute Streckerekord brochen und sig wahrschiinlech sogar no schnöuer aus der berüehmt Schwizer Bärgkönig, wo bi Bärgvelorennen und Bärgetappen aus absolut unschlagbar gäuti, het uf das aben eine vo de Funktionäre gseit, wo z Paris es Wettbüro het gleitet.

Der fautsch Höud isch nid z bescheide gsi, het z Muu vou und vouer gno und gseit, är würdis jederzit und a jedem Bärg gäge dä berüehmt Bärgkönig us der Schwiz ufnäh. Aha, wenns eso sig, het der Wettbürobsitzer gseit, de wöu er so nes Duell organisiere. Me chöng jo nach der Tour de France, irgendeinisch im Spätsummer, i de Schwizer Aupe, e Vierpässefahrt mache. Am beschte me starti z Meiringen und fahri über Grimsu, Nufene, Gotthard und Suschtepass. «Abgmacht!», heig der französisch Rennfahrer spontan gseit und am Reporter d Hang ggä, dä Schwizer söu nume cho, är nähms gäg jeden uf!

No am gliichen Obe het der Bsitzer vo däm Wettbüro aues arrangiert. Är het am Team-Chef vom Schwizer Bärgchönig gseit, är wöu es Duell organisiere und är wetti e höche Betrag, dass si Fahrer gäge Schwizer ir Vier-Pässe-Fahrt gwünni. Der Team-Chef vom Schwizer heig glachet und sofort iigwüuiget. Si Fahrer sig i bestächender Form, är sig am Bärg praktisch unschlagbar und vor däm unbekannte Franzos heig er grad am wenigschte z befürchte. Eso isch d Wett abgmacht gsi.

Wo d Tour de France fertig isch gsi, het der Organisator vor Wett si Schützling uf Meiringen i ds gröschte Hotel iiglade, het nim ds beschten Ässe lo servieren und het gluegt, dass nim ou süsch a nüt manglet. D Telefonleitige vo de Wettbüro si heiss gloufe. D Beträg, wo uf en eint und ufen anger si gwettet worde, si horränd gsi. Und natürlech hei di meischte Lüt uf e Schwizer gwettet, wöu der Franzos het, abgseh vo dere Etappe, no nie es wichtigs Renne gwunne gha.

Wo de di Vierpässefahrt hätt söue gstartet wärde, het der Schwizer scho früech bim Start gwartet. Der Franzos isch erscht es paar Minute spöter zum Start cho und het e grosse Rucksack bi sech gha. «Was hesch de du i däm Rucksack?», het ne si Gägner gfrogt.

«I ha Läbesmittu für ne Wuchen iipackt», het der Franzos am Schwizer gseit. «Weisch, wenn i die Wett gwunne ha, machen i diräkt no nes Trainigsfährtli über d Grimsu i ds Wallis, de no einisch über e Nufenen i ds Tessin und vo dört aben uf Italie bis zungerscht aben uf Bari. Aber aues ohni iizchehren und ohni z übernachte, wöi i nämlech i eim Zug wott dürepedale. Drum han i grad für nes paar Tag z Ässen und z Trinke derbi.

Wo der Schwizer das het ghört, het er gmeint, är chöng sine Sinne nümm troue. E Vierpässefahrt, de no zwöi grossi Aupepäss und nächär no über tusig Kilometer dür Italie düre, wenn das e Mönsch schafft, de isch er ke Mönsch, de isch er e Maschine. Gäg so einen es Renne z fahre und de no wöue gwünne, das wär komplett sinnlos. Der gross Bärgchönig isch ab sim Velo abgstigen und gradus zum Bahnhof gloufe, won er uf e nöchscht Zug für hei het gwartet.

Eso isch di Wett entschide gsi. Der Franzos het vo sim Wettgötti e tüchtigen Aateil am Wettgwünn übercho und isch no wuchelang gfiiret und a grossi Veraastautigen iiglade worde. Ohni rot z wärde, het er zletscht sogar zueggä, dass er siner Läbtig lang no nie mit em Velo über eine vo de grossen Aupepäss sig gfahre.

JOHANN PETER HEBEL

Abendlied, wenn man aus dem Wirtshaus heimgeht

Jetzt schwingen wir den Hut.
Der Wein, der war so gut.
Der Kaiser trinkt Burgunder Wein,
sein schönster Junker schenkt ihm ein,
und schmeckt ihm doch nicht besser,
nicht besser.

Der Wirt, der ist bezahlt,
und keine Kreide malt
den Namen an die Kammertür,
und hinten dran die Schuldgebühr.
Der Gast darf wieder kommen,
ja kommen.

Und wer sein Gläslein trinkt,
ein lustig Liedlein singt
im Frieden und mit Sittsamkeit,
und geht nach Haus zu rechter Zeit,
der Gast darf wieder kehren
mit Ehren.

Des Wirts sein Töchterlein
ist züchtig, schlank und fein,
die Mutter hält's in treuer Hut,
und hat sie keins, das ist nicht gut,
musst eins in Strassburg kaufen,
ja kaufen.

Jetzt Brüder, gute Nacht!
Der Mond am Himmel wacht;
und wacht er nicht, so schläft er noch.
Wir finden Weg und Haustür doch,
und schlafen aus im Frieden,
ja Frieden.

CHARLES LEWINSKY

Abendlied, wenn man nicht aus dem Wirtshaus gehen will

Weil mein Glas so furchtbar leer ist,
und mein Kopf so schrecklich schwer ist,
wird es Zeit, dass ich nach Haus geh,
hier aus diesem Wirtshaus raus geh
und mich auf den Heimweg mache.
Doch da ist noch eine Sache,
die ich jetzt zum guten Schluss
gründlich überlegen muss.

Draussen könnte es sehr kalt sein.
Unter null könnt es schon bald sein.
Ist der Boden dann gefroren,
hat man schnell den Halt verloren,
und hat bald schon alle Knochen
erst verstaucht und dann gebrochen.
Und so etwas ist fatal,
denn man landet im Spital.

Gibt es Komplikationen,
muss man sich dann ewig schonen
und darf nicht zur Arbeit gehen,
was mein Chef nicht würd verstehen.
Würde mich sofort entlassen
und ein Zeugnis mir verpassen,
hundsgemein und richtig grob.
Ich krieg nie mehr einen Job.

Vom Geschäft bin ich die Seele.
Und wenn ich dann plötzlich fehle,
klappt dort nichts mehr in dem Laden,
und dann geht die Firma baden.
Arbeitslos sind die Kollegen
und das alles meinetwegen.
Und dann folgt in jedem Fall
Wirtschaftskrise überall.

Und als Folge dieser Krise
schreiben alle Firmen Miese.
Und dann hat infolgedessen
niemand mehr etwas zu fressen.
Und dann plündern sie die Läden,
und es kommt zu grossen Schäden,
bis am Schluss die ganze Welt
gnadenlos in Trümmer fällt.

(gesprochen)
Und wer ist schuld daran?

Ich nur ganz allein!
Sowas darf nicht sein!
Ich opfere mich für die Welt –
Herr Wirt, noch einen Wein!

JOHANN PETER HEBEL

Kindes Dank und Undank

Man findet gar oft, wenn man ein wenig aufmerksam ist, dass Menschen im Alter von ihren Kindern wieder ebenso behandelt werden, wie sie einst ihre alten und kraftlosen Eltern behandelt haben. Es geht auch begreiflich zu. Die Kinder lernen's von den Eltern; sie sehen's und hören's nicht anders und folgen dem Beispiel. So wird es auf die natürlichsten und sichersten Wege wahr, was gesagt wird und geschrieben ist, dass der Eltern Segen und Fluch auf den Kindern ruhe und sie nicht verfehle.

Man hat darüber unter andern zwei Erzählungen, von denen die erste Nachahmung und die zweite grosse Beherzigung verdient.

Ein Fürst traf auf einem Spazierritt einen fleissigen und frohen Landmann an dem Ackergeschäft an und liess sich mit ihm in ein Gespräch ein. Nach einigen Fragen erfuhr er, dass der Acker nicht sein Eigentum sei, sondern dass er als Tagelöhner täglich um 15 Kreuzer arbeite. Der Fürst, der für sein schweres Regierungsgeschäft freilich mehr Geld brauchte und zu verzehren hatte, konnte es in der Geschwindigkeit nicht ausrechnen, wie es möglich sei, täglich mit 15 Kreuzern auszureichen und noch so frohen Mutes dabei zu sein, und verwunderte sich darüber. Aber der brave Mann im Zwilchrock erwiderte ihm: «Es wäre mir übel gefehlt, wenn ich *so viel* brauchte. Mir muss ein Dritteil davon genügen; mit einem Dritteil zahle ich meine Schulden ab, und den übrigen Dritteil lege ich auf Kapitalien an.» Das war dem guten Fürsten ein neues Rätsel. Aber der fröhliche Landmann fuhr fort und sagte: «Ich teile meinen Verdienst mit meinen alten Eltern, die nicht mehr arbeiten können, und mit meinen Kindern, die es erst lernen müssen; jenen vergelte ich die Liebe, die sie mir in meiner Kindheit erwiesen haben, und von diesen hoffe ich, dass sie mich einst in meinem müden Alter auch nicht verlassen werden.» War das nicht artig gesagt und noch schöner und edler gedacht und gehandelt? Der Fürst belohnte die Rechtschaffenheit des wackern Mannes, sorgte für seine Söhne, und der Segen, den ihm seine sterbenden Eltern gaben, wurde ihm im Alter von seinen dankbaren Kindern durch Liebe und Unterstützung redlich entrichtet.

Aber ein anderer ging mit seinem Vater, welcher durch Alter und Kränklichkeit freilich wunderlich geworden war, so übel um, dass dieser wünschte, in ein Armenspital gebracht zu werden, das im nämlichen Orte war. Dort hoffte er wenigstens bei dürftiger Pflege von den Vorwürfen frei zu werden, die ihm daheim die letzten Tage seines Lebens verbitterten. Das war dem undankbaren Sohn ein willkommenes Wort. Ehe die Sonne hinter den Bergen hinabging, war dem armen, alten Greis sein Wunsch erfüllt. Aber er fand im Spital auch nicht alles, wie er wünschte. Wenigstens liess er seinen Sohn nach einiger Zeit bitten, ihm die letzte Wohltat zu erweisen und ihm ein paar Leintücher zu schicken, damit er nicht alle Nacht auf blossem Stroh schlafen müsste. Der Sohn suchte die zwei schlechtesten, die er hatte, heraus und befahl seinem zehnjährigen Kind, sie dem alten Murrkopf ins Spital zu bringen. Aber mit Verwunderung bemerkte er, dass der kleine Knabe vor der Tür eines dieser Tücher in einen Winkel verbarg und folglich dem *Grossvater* nur eines davon brachte. «Warum hast du das getan?», fragte er den Jungen bei seiner Zurückkunft. – «Zur Aushilfe für die Zukunft», erwiderte dieser kalt und bösherzig, «wenn ich Euch, o Vater!, auch einmal in das *Spital* schicken werde.»

Was lernen wir daraus? – Ehre Vater und Mutter, auf dass es dir wohlgehe!

JONAS LÜSCHER

Kindes Dank und Undank – nach Johann Peter Hebel

Es ist im «Schatzkästlein» des Johann Peter Hebel davon zu lesen, dass Menschen im Alter von ihren Kindern oft so behandelt werden, wie sie selbst ihre alten und kranken Eltern behandelt hatten – die Kinder lernten es von den Eltern, kennen es nicht anders oder wollen es nicht anders kennen. Wir können von Glück reden, dass heute die Alten nicht allein auf den Charakter und das Vermögen – mit welchem hier ausdrücklich nicht nur, aber schon hauptsächlich das monetäre gemeint sein soll – ihrer Kinder zählen müssen, dass wir ja eigentlich begriffen und ausgemacht haben, dass auch jene, deren Kinder, aus welchem Grund auch immer, nicht wohlgeraten sind, und selbst jene, die gar keine Kinder haben, auf die sie sich verlassen könnten, ein gutes Alter haben sollen.

Man kann darüber zwei Geschichten erzählen, von denen die erste Nachahmung verdient und die zweite nicht.

Die eine handelt von einem Menschen, der zur Wahl geht und seinen Zettel einwirft, auf dem er die Namen von Politikerinnen und Politikern angekreuzt hat, die versprochen haben, sie würden sich für eine faire Gesellschaft einsetzen, für ein würdevolles Alter für alle, sie würden dafür kämpfen, das Geschäft mit den Alten zu dekommodifizieren, das bedeute, es dem Markt zu entziehen und wieder zu einer Aufgabe für die Gemeinschaft zu machen. Dazu müsse man aber zurückkehren zu einem wirklich solidarischen Prinzip, die Steuern für die Vermögenden erhöhen, dann könne man auch jene, die sich um unsere alt gewordenen Menschen kümmerten, anständig bezahlen und ihre übergrosse Arbeitslast verringern.

Die andere Geschichte handelt von einem Menschen, der zur Wahl geht und seinen Wahlzettel für eine jener Parteien einwirft, die der Meinung sind, jeder sei seines eigenen Glückes Schmied, dem Fleissigen gehöre die Welt, und mit Glück und Pech habe das alles nichts zu tun, man müsse nur wollen, und am Ende stehe eben jedem zu, was er sich aus eigener Kraft erarbeitet habe.

Es ist aber keineswegs gesagt, dass jener Mensch aus der ersten Geschichte, wenn er selbst einmal pflegebedürftig sein wird, nicht dereinst mit wundgelegenem Hintern in einem säuerlich riechenden Zweierzimmer liegen und vergeblich nach einer völlig überlasteten Pflegeperson rufen wird, die gerade so viel von seiner Sprache versteht, dass er sie, wenn sie nach Stunden des Rufens endlich in sein Zimmer tritt, bitten kann, seine Schnabeltasse mit dünnem Tee aufzufüllen und nach seinem schmerzenden Katheter zu schauen – und dennoch wird seine Entscheidung an der Urne die richtige gewesen sein.

Jener aber, der im zwar selbstzufriedenen, aber nicht selbstgeschmiedeten Glück in einer jener Altersresidenzen mit lateinischem Namen an seiner Schwarzwäldertorte mümmeln wird und dabei dem Spiel einer Cellistin lauscht, die zur Abendunterhaltung der betuchten Bewohner eingeladen ist, dessen Wahl war falsch, ist falsch und wird falsch sein.

JOHANN PETER HEBEL

Mittel gegen Zank und Schläge

Zwei Eheleute nicht weit von Segringen, lebten miteinander in Friede und Liebe, abgerechnet, dass sie bisweilen einen kleinen Wortwechsel bekamen, wenn der Mann einen Stich hatte. Als dann gab ein Wort das andere. Das letzte aber gab gewöhnlich blaue Flecke. Zum Beispiel «Frau», sagte der Mann, «die Suppe ist wieder nicht genug gesalzen, und ich hab dir's doch schon so oft gesagt.» Die Frau sagt: «Mir ist sie so eben recht.» Der Mann bekommt etwas Röte im Gesicht. «Du unverständiges Maul, ist das eine Antwort einer Frau gegen ihren Mann. Soll ich mich nach dir richten.» Die Frau erwidert, «draussen in der Küche ist das Salz-Fass. Ein andermal koch dir selber, oder sieh, wer dir kocht.» Der Mann wird flammenrot, und wirft der Frau die Suppe samt dem Teller vor die Füsse. «Da, friss die Tränke selber.» Jetzt geht's der Frau auf, wie wenn man ein Stellbrett aufzieht, und das Wasser fliesst in die Läufe, und alle Mühlenräder gehn an, und sie über schüttet ihn mit Schmähungen und Schimpfnamen, die kein Mann gern hört, am wenigsten von einer Frau, am allerwenigsten von seiner eigenen. Der Mann aber sagt: «Ich seh schon, ich muss dir den Rücken wieder ein wenig blau anstreichen mit dem hegebuchenen Pinsel.» – Solcher Liebkosungen endlich müde, ging die Frau zu dem Pfarrherrn und klagte ihm ihre Not. Der Herr Pfarrer, der ein feiner und kluger junger Mann war, merkte bald, dass die Frau durch Widersprechen und Schimpfen gegen ihren Mann selber schuld an seinen Misshandlungen sei. «Hat Euch mein seliger Vorfahr nie von dem geweihten Wasser gegeben?», sagte er. «Kommt in einer Stunde wieder zu mir!» Unterdessen goss er reines frisches Brunnen Wasser in ein Fläschlein, das ungefähr einen Schoppen hielt, versüsste es mit Zucker und liess ein Tröpflein Rosenöl darein träufeln, dass es einen lieblichen Geruch gewann. «Dieses Fläschlein», sagte er zu ihr, «müsst Ihr in Zukunft immer bei Euch tragen, und so Euer Mann wieder aus dem Wirtshaus kommt, und will Euch Vorwürfe machen, so nehmt ein Schlücklein davon und behaltet's im Munde, bis er wieder zufrieden ist. Alsdann wird seine Wunderlichkeit nie mehr in Zorn ausbrechen, und er wird Euch keine Schläge mehr geben können.» Die Frau befolgte den Rat, das geweihte Wasser bewährte seine Kraft, und die Nachbarsleute sagten oft zusammen, «unsere Nachbarn sind ganz anders worden. Man hört nichts mehr.» – Merke!

THOMAS MEYER

Diese Zeit

Johann Peter Hebel kennt ein simples «Mittel gegen Zank und Schläge»: Maul halten, dann gibt's auch keins drauf.

Vollkommen falsch ist das nicht, wenn man bedenkt, wie ungelenk wir kommunizieren: Kaum flammen Emotionen auf, machen wir einander Vorhaltungen und vergelten sie mit immer heftigeren. Es wäre durchaus ratsam, nicht immer das zu sagen, was uns als Erstes in den Sinn kommt, sondern das Zweite. Besser noch das Dritte. Oder eben gar nichts.

Letzteres empfiehlt Hebel allerdings einzig den Frauen, wie seine Geschichte über zwei Eheleute zeigt.

Ein Mann kehrt aus dem Wirtshaus heim, setzt sich an den Tisch und tadelt seine Frau, die Suppe nicht genug gesalzen zu haben.

«Mir ist sie so eben recht», entgegnet die Frau.

Der Mann bekommt «etwas Röte im Gesicht» und will wissen, ob «das eine Antwort einer Frau gegen ihren Mann» sei.

«Draussen in der Küche ist das Salz-Fass», spricht die Wildgewordene. «Ein andermal koch dir selber, oder sieh, wer dir kocht.»

Der Mann, jetzt angemessen «flammenrot», wirft der Frau den Teller vor die Füsse: «Da, friss die Tränke selber.»

Die Frau, der am Frieden sichtlich wenig liegt, überschüttet ihn mit «Schmähungen und Schimpfnamen».

«Ich seh schon, ich muss dir den Rücken wieder ein wenig blau anstreichen mit dem hegebuchenen Pinsel», sagt der Mann.

Die Frau wird also malerisch durchgeklopft und schleppt sich ratsuchend zum Pfarrer. Dieser, schreibt Hebel, sei «ein feiner und kluger junger Mann», der bald merke, «dass die

Frau durch Widersprechen und Schimpfen gegen ihren Mann selber schuld an seinen Misshandlungen sei».

Keine Frage – nur ein feiner und kluger Mensch vermag dies zu erkennen!

Der Pfarrer überreicht der Frau ein Fläschchen mit «geweihtem Wasser», einem Gemisch aus Brunnenwasser, Zucker und einem «Tröpflein Rosenöl»: Wenn der Mann wieder aus dem Wirtshaus komme und sie anschuldige, solle sie ein Schlücklein davon nehmen und es im Munde behalten, bis er wieder zufrieden sei.

Das Wasser «bewährt seine Kraft»; die Nachbarn vernehmen nie mehr ein lautes Wort.

Wie gesagt: Auf blinde Vorhaltungen übellauniger Kerle – die Psychologie spricht von Projektion – nicht zu reagieren, ist fast immer der schlauste Zug. Es treibt einen Keil zwischen Gewalt und Gegengewalt. Vermutlich will uns Hebel mit seiner Erzählung genau das aufzeigen.

Nebenbei dokumentiert er allerdings, dass es in seinen Augen an Dreistigkeit kaum zu überbieten ist, wenn eine Frau Suppen so zubereitet, dass sie auch ihr schmecken – und das auch noch so sagt! Und ständig widerspricht! Das tyrannische Verhalten des Mannes hingegen scheint Hebel in keiner Weise zu stören; er präsentiert es als natürliche Antwort auf weiblichen Ungehorsam. Frauen zu schlagen, ist nicht schön, aber notwendig und gerecht – so liesse sich Hebels Haltung zusammenfassen.

Nun könnte man einwerfen, dass er Kind einer Zeit sei, in der Frauen ohnehin kaum Rechte hatten und körperliche Gewalt alltäglich war: Gutsherr gegen Knecht, Offizier gegen Soldat, Mann gegen Frau, Mutter gegen Kind. Und dass Hebel es somit nicht besser wissen konnte.

Diese Zeit, könnte man weiter behaupten, liege weit hinter uns, und ein heutiger Hebel würde eine andere, eben heutige Geschichte erzählen.

Aber liegt sie hinter uns?

Und würde er?

Jedes zweite Schweizer Kind ist zu Hause seelischer oder körperlicher Gewalt ausgesetzt. Oft beidem.

Gemäss Opferschutzgruppen erleiden hierzulande jedes Jahr rund 11'000 Frauen eine Vergewaltigung. Nur etwa jede fünfte meldet sich bei der Polizei. Das liegt nebst Scham und Schuldgefühlen auch daran, dass viele Anzeigen fallengelassen werden – aus «Mangel an Beweisen» – und die Opfer oft keinen Sinn darin sehen, überhaupt Anzeige zu erstatten.

Alle zwei Wochen wird in der Schweiz eine Frau von ihrem Partner, Expartner, Bruder oder Sohn getötet. In den ersten drei Monaten des Jahres 2025 geschah es sogar fast jede Woche. Weltweit sind es über 130 Femizide pro Tag.

Die Schweizer Politik weigert sich, diesen Begriff offiziell zu verwenden. Der Bundesrat beruft sich darauf, dass das Strafgesetzbuch «geschlechtsneutral ausgestaltet» sei (August 2020). Aufklärung und Prävention existieren nicht.

Auch Medien taten sich lange schwer mit dem Wort Femizid und begründeten solche Taten bis vor wenigen Jahren mit «Eifersucht», «Liebeskummer» oder einem «Familiendrama».

Nennt man das Problem beim Namen und spricht von patriarchalen Denkmustern und struktureller Gewalt, heisst es, man solle mit «diesem Woke-Scheiss» aufhören.

Diese Zeit liegt mitnichten hinter uns. Wir sind mittendrin. Und werden es so lange bleiben, bis wir uns einig sind, dass Gewalt keine Privat- oder Ansichtssache ist – sondern ein Verbrechen.

JOHANN PETER HEBEL

Fürchterlicher Kampf eines Menschen mit einem Wolf

In Frankreich ist ein Departement, heisst Goldhügel. In diesem Departement befindet sich eine kleine Landschaft, genannt Saulieu (muss lesen Soliö); diese Landschaft bekam im März des Jahrs 1807 einen schlimmen Besuch von einem reissenden Tier, wie man noch keines daselbst gesehen hatte, hier zu Land auch nicht. Es hatte Ähnlichkeit mit einem Wolf, wird auch einer gewesen sein. Doch hatte es eine kürzere Schnauze als ein gemeiner Wolf, war lang und mager und mit langen dunkelgrünen Haaren besetzt. Diese grausame und blutgierige Bestie wütete mehrere Tage lang zum Schrecken der Einwohner in dem Lande herum, griff Menschen und Tiere an, wagte sich sogar am 30. März am hellen Tag auf der Landstrasse an die Reisenden, zerriss einen Konskribierten, zerfleischte zwei Mägdlein und einen Knaben und blieb selbige Nacht nahe bei dem Hause eines Landmannes, Namens Machin, im Gebüsche übernacht. Der gute Machin, der an eine solche Schildwache vor seinem Hause nicht dachte, ging des Morgens früh um 3 Uhr, als es noch ganz finster war, aus dem Hause. Da hörte er etwas rauschen im Gebüsch, glaubte, es sei die Katze, die sich vor einigen Tagen verlaufen hatte, und rief seiner Frau, die Katze sei da. Aber in dem nämlichen Augenblicke springt das Untier wütend auf ihn los. Er wirft es zurück. Es kommt wieder, stellt sich auf die Hinterfüsse, drückt ihn zwei Schritte weit an die Wand zurück, und packt ihn mit einem Rachen voll scharfer starker Zähne wütend an der linken Brust. Vergebens sucht er sich loszumachen.

Das Tier setzt immer tiefer seine Zähne ein, und verursacht ihm die entsetzlichsten Schmerzen. Da umfasst es der herzhafte und starke Machin mit beiden Armen, drückt es fest an sich, ringt mit ihm, bis er es im Hause hat, wirft sich mit ihm auf einen Tisch, so dass das Tier unten lag, und rief seiner Frau, dass sie ein Licht anzünde. Aber Frau und Kinder wagten es nicht, sich zu nähern, und das Tier biss sich immer tiefer und tiefer in die Brust des unglücklichen Mannes ein, bis endlich die älteste Tochter von 22 Jahren sich ermannte, und mit einem Licht und einem Messer herbeieilte. Der Vater drückt, so stark er kann, mit seinem Körper auf das Tier, zeigt ihr mit der linken Hand, wo sie hineinstechen müsse, dass das Ungeheuer sicher getötet werde. Noch biss sich die Bestie immer tiefer und tiefer ein, während die Tochter den kühnen und glücklichen Stich tat, und ein paarmal das Messer in der Wunde umkehrte. Aber jetzt schoss das heisse schwarze Blut wie ein Strom aus der tödlichen Wunde hervor, das Best fing an die Augen zu verdrehen, und es war ihm nicht, als wenn es noch viele Buben und Mägdlein verreissen wollte. Aber erst nachdem es sich völlig verblutet hatte, war man im Stande die Brust des braven Machin von ihm los zu machen, so fest hatte es sich mit seinen mörderischen Zähnen eingehauen. Drauf wurde das Untier vollends totgeschlagen und verlacht. Machin aber hatte doch lange an seiner Brust zu leiden und zu heilen, und sagt, er wolle sein lebenlang dran denken.

GIANNA MOLINARI

Von Bissen

Sie sei ein Fuchskind, sagt mein Kind.

Ah, und ich die Fuchsmutter?, frage ich.

Nein, der Fuchs ist die Mutter, sagt mein Kind.

Mein Kind möchte eine Höhle bauen. Und ich baue ein bisschen mit, halte den Zipfel der Decke hoch, so dass auch ich einigermassen bequem darunter sitzen kann. Denn das muss ich. Es ist besser, zu zweit in einer Höhle zu sitzen, in die jederzeit ein Tier eintreten könnte, vielleicht eines, dem die Höhle eigentlich gehört.

Der Vater hielt sich seine wundgebissene Brust. Versuchte aus dem Fenster dem Tier nachzuschauen, zu sehen, wohin es verschwand. Um später den Jägern die Richtung zu weisen.

Dorthin, hinter diese Böschung, den Weg hoch, zum Wald hin, zum Fluss, geradewegs und schnell.

Wie ein Blitz übers Feld und weiter hinten in den Dunst.

Und die Tochter sass mit dem Messer, sass mit dem Blut, sass am Tisch.

Und das Messer zittert. Und ihre Hand weist zum Fenster.

Merke, sagt die Tochter: Das Tier ist verwundet.

Das Tier läuft zum Wald hin mit einem Teil meiner Brust im Maul, sagt der Vater.

Und alles an ihm zittert.

Warum hast du nicht losgelassen? Warum hast du das Tier ins Haus gebracht?

Damit man mich rettet.

Merke, sagt die Tochter: Ich habe dich gerettet.

Merke: Es gibt die Mutigen.

Mein Kind bringt mir das Bilderbuch «Pssst. Eine Räubergeschichte». Ich erzähle die Geschichte des Räubers, der in ein Haus einsteigt, der im Haus Gegenstände entwendet und sie in seinen Sack packt. Der immer wieder zur Leserin blickt, den Zeigefinger auf den Lippen: Pssst. Und der dann weiterschleicht. Der Hund im Haus aber erwacht und schleicht sich in die Küche, wo der Räuber sich soeben eine Wurst aus dem Kühlschrank nimmt. Kein Rascheln, kein Knurren. Der Hund klopft dem Räuber auf die Schulter: Pssst. Und dann eine schwarze Wolke, der Räuber scheint verschwunden, der Bauch des Hundes verdächtig dick. Und die Wurst jetzt in der Pfote des Tiers.

Weg der Räuber. Weg dann auch die Wurst.

Und wer bleibt: der Hund.

Merke: Es gibt die, die zurückbeissen.

Jahre später. Er streicht sich über die Narbe. Und erinnert sich an den Geruch des Tiers, das Fell – war es wirklich grün? –, an das Schnauben, an die Feuchtigkeit im Atem. Erinnert sich an die Nähe, daran, Körper an Körper gefangen zu sein, im Biss und in seinem Griff. Wie er das Tier an sich drückte. Und er erinnert sich an die Hand seiner Tochter, das Messer, in Zeitlupe, den Stich.

Er erinnert sich nicht an den Schmerz, denn der Schmerz ist noch da.

Merke: Es schmerzt noch.

Merke: Und wenn es gar keine Bestie war?

Jahre später. Die Tochter liest «Fürchterlicher Kampf eines Menschen mit einem Wolf», die aufgezeichnete Geschichte, liest, dass sie sich «ermannte», und ärgert sich darüber, dass man ihr als Frau dieses Tun nicht zuzugestehen scheint, dass sie sprachlich erst zu einem Mann gemacht wird, bevor sie ihren Vater rettet.

Merke, sagt sie: Ich bin eine Frau.

Jahre später: Der Wolf – ist es ein Wolf? – geht durch ein Waldstück, eine Böschung hoch, sucht sich eine Nische im

Dickicht, geht hindurch. Horcht und hält Ausschau. Er wittert.

Er weiss, dass er der Gejagte ist und doch selber jagen muss. Einen Hasen, vielleicht, besser einen Hirsch. Man sollte sich Grosses wünschen, gerade im Winter. Der Winter ist arg.

Merke: Und wenn wir das Tier dafür bräuchten, uns vor ihm zu fürchten statt vor anderer Gefahr?

Das Tier wurde präpariert. Steht mit offenem Maul im Dorfmuseum. Sein grünes Fell borstig. Steht dort im Eingangsbereich, und später, mit mehr Technik, erklingt ein Knurren, sobald eine Person das Museum betritt.

Wir spielen Verstecken. Mein Kind und ich sitzen in der Höhle. Wir werden gesucht. Mein Kind kuschelt sich eng an mich, zappelt vor Aufregung. Bald werden wir entdeckt. Eine Stimme nähert sich. Das Kind jault vor Aufregung. Schritte nähern sich. Und mein Kind beisst zu.

JOHANN PETER HEBEL

Die Bekehrung

Zwei Brüder im Westphälinger Land lebten miteinander in Frieden und Liebe, bis einmal der jüngere lutherisch blieb, und der ältere katholisch wurde. Als der jüngere lutherisch blieb und der ältere katholisch wurde, taten sie sich alles Herzeleid an. Zuletzt schickte der Vater den katholischen als Ladendiener in die Fremde. Erst nach einigen Jahren schrieb er zum erstenmal an seinen Bruder. «Bruder», schrieb er, «es geht mir doch im Kopf herum, dass wir nicht Einen Glauben haben, und nicht in den nämlichen Himmel kommen sollen, vielleicht in gar keinen. Kannst du mich wieder lutherisch machen, wohl und gut, kann ich dich katholisch machen, desto besser.» Also beschied er ihn in den roten Adler nach Neuwied, wo er wegen einem Geschäft durchreiste. «Dort wollen wir's ausmachen.» In den ersten Tagen kamen sie nicht weit miteinander. Schalt der Lutherische: «Der Pabst ist der Antichrist», schalt der Katholische: «Luther ist der Widerchrist.» Berief sich der Katholische auf den heiligen Augustin, sagte der Lutherische: «Ich hab nichts gegen ihn, er mag ein gelehrter Herr gewesen sein, aber beim ersten Pfingstfest zu Jerusalem war er nicht dabei.» Aber am Samstag ass schon der Lutherische mit seinem Bruder Fastenspeise. «Bruder», sagte er, «der Stockfisch schmeckt nicht giftig zu den durchgeschlagenen Erbsen»; und Abends ging schon der Katholische mit seinem Bruder in die lutherische Vesper. «Bruder», sagte er, «euer Schulmeister singt keinen schlechten Tremulant.» Den andern Tag wollten sie miteinander zuerst in die Frühmesse, darnach in die lutherische Predigt, und was sie alsdann bis von heut über acht Tage der liebe Gott vermahnt, das wollten sie tun. Als sie aber aus der Vesper und aus dem grünen Baum nach Hause kamen, ermahnte sie Gott, aber sie verstanden es nicht. Denn der Ladendiener fand einen zornigen Brief von seinem Herrn. «Augenblicklich setzt Eure Reise fort. Hab ich Euch auf eine Tridenter Kirchenversammlung nach Neuwied geschickt, oder sollt Ihr nicht vielmehr die Musterkarte reiten?» Und der andere fand einen Brief von seinem Vater: «Lieber Sohn, komm heim sobald du kannst, du musst spielen.» Also gingen sie noch den nämlichen Abend unverrichteter Sachen auseinander, und dachten jeder für sich nach, was er von dem andern gehört hatte. Nach sechs Wochen schreibt der jüngere dem Ladendiener einen Brief: «Bruder, deine Gründe haben mich unterdessen vollkommen überzeugt. Ich bin jetzt auch katholisch. Den Eltern ist es in so fern recht. Aber dem Vater darf ich nimmer unter die Augen kommen.» Da ergriff der Bruder voll Schmerz und Unwillen die Feder. «Du Kind des Zorns und der Ungnade, willst du denn mit Gewalt in die Verdammnis rennen, dass du die seligmachende Religion verleugnest? Gestrigs Tags bin ich wieder lutherisch worden.» Also hat der katholische Bruder den lutherischen bekehrt, und der lutherische hat den katholischen bekehrt, und war nachher wieder wie vorher, höchstens ein wenig schlimmer.

Merke: Du sollst nicht über die Religion grübeln und düfteln, damit du nicht deines Glaubens Kraft verlierst. Auch sollst du nicht mit Andersdenkenden darüber disputieren, am wenigsten mit solchen, die es eben so wenig verstehen als du, noch weniger mit Gelehrten, denn die besiegen dich durch ihre Gelehrsamkeit und Kunst, nicht durch deine Überzeugung. Sondern du sollst deines Glaubens leben, und was gerade ist, nicht krumm machen. Es sei dann, dass dich dein Gewissen selber treibt zu schanschieren.

KARL-HEINZ OTT

Der Lutherische

In der Grundschule bekam er zum ersten Mal in seinem Leben einen Lutherischen zu Gesicht. Einen Zugezogenen. So etwas hatte es in seinem Dorf an der Donau noch nie gegeben. Doch auf einmal war da eine Familie, die den falschen Glauben hatte. Fremde, irgendwoher aus dem Norden. Man merkte es schon am Namen. Hendrik. So hatte bei ihnen noch nie jemand geheissen.

Vom Pfarrer wussten sie, dass die Lutherischen nicht in den Himmel kommen konnten. Das hatte er ihnen immer wieder gesagt. Und jedes Mal hatten sie gefragt, ob das selbst dann so sei, wenn die Lutherischen nichts Böses täten. Und er hatte gesagt, auch dann könnten sie nicht in den Himmel kommen. Das könne nur, wer katholisch getauft sei.

Und jetzt sass so einer bei ihnen in der Klasse. Sie wussten nicht recht, wie man ihm begegnen, was man mit ihm machen, wie man mit ihm umgehen sollte. Fast als hätten sie Angst, ihm zu nahe zu kommen.

Mittwochs in der ersten Stunde war immer Schulgottesdienst. Da kam der Neue nicht mit. Danach fragten sie ihn: Gehst du nicht in die Kirche? Das nächste Mal war er dabei. Ziemlich unsicher, weil er nicht wusste, wann man aufstehen, niederknien, sich bekreuzigen, sich hinsetzen, mitbeten oder still sein musste. Er machte ihnen alles nach, immer mit einer kleinen Verzögerung. Aber ausser dem Vaterunser konnte er nichts. Kein Gegrüsset-seist-du-Maria, kein Kyrie eleison, nicht einmal die Lieder, die sie sangen.

Aber er kniete nieder, wenn sie niederknieten, und erhob sich, wenn sie es taten. Und er ging mit ihnen zu den Altarstufen, um die Heilige Kommunion zu empfangen. Wie sie machte er den Mund auf, um sich die Hostie auf die Zunge legen zu lassen. Obwohl er das gar nicht durfte.

In der grossen Pause verprügelten sie ihn auf dem Schulhof. Und zwar richtig. Und erzählten es dem Pfarrer. Nicht ohne Stolz. Der Pfarrer sagte nichts, hörte es sich nur an. Und sie sagten zu ihm: Das darf der doch nicht! Sie wunderten sich, dass der Pfarrer ihm überhaupt die Hostie auf die Zunge gelegt hatte, trauten sich aber nicht, ihn darauf anzusprechen.

Danach schlugen sie den Neuen nicht mehr. Oder nur noch ein paar Mal. Irgendwann zog er mit seinen Eltern wieder weg.

JOHANN PETER HEBEL

Der unschuldig Gehenkte

Folgende unglückliche Begebenheit hat sich auf dem Spessart zugetragen. Mehrere Knaben hüteten mit einander an einer Berghalde unten an dem Wald das Vieh ihrer Eltern oder Meister. In der Langweile trieben sie allerlei, und ahmten unter einander, wie dieses Alter zu tun pflegt, die Handlungen und Geschäfte der erwachsenen Menschen spielend nach. Eines Tages sagte der Eine von ihnen: «Ich will der Dieb sein.» – «So will ich das Oberamt sein», sagte der Zweite. «Seid ihr die Hatschiere», sagte er zum Dritten und Vierten, «und du bist der Henker», sprach er zum Fünften. Gut! Der Dieb stiehlt einem seiner Kameraden heimlich ein Messer und setzt sich auf flüchtigen Fuss; der Bestohlene klagt bei Oberamt; die Hatschiere streifen im Revier, attrappieren den Dieb in einem hohlen Baum und liefern ihn ein. Der Richter verurteilt ihn zum Tode. Unterdessen hört man im Wald einen Schuss fallen; Hundegebell erhebt sich. Man achtet's nicht. Der Henker wirft dem Malefikanten kurz und gut einen Strick um den Hals und henkt ihn im Unverstand und Leichtsinn an einen Aststumpen an einem Baumstamm, also dass er mit den Füssen nicht gar kann die Erde berühren, denkt, ein paar Augenblicke kann er's schon aushalten. Plötzlich rauscht es im dürren Laub im Wald; es knackt und kracht im dichten Gehörst; ein schwarzer wilder Eber bricht zottig und blitzend aus dem Wald hervor, und läuft über den Richtplatz. Die Hirtenbuben, denen es ohnehin halber zu Mut war, als ob es doch nicht ganz recht wäre, mit einer so ernsthaften und bedenklichen Sache Mutwillen zu treiben, erschrecken, meinen, es sei der Teufel, vor dem uns Gott behüte, laufen vor Angst davon, einer von ihnen ins Dorf, und erzählt, was geschehen sei. Aber als man kam, um den Gehenkten abzulösen, war er erstickt und tot. Dies ist eine Warnung. Das Oberamt und die Hatschiere kamen nachher auf drei Wochen ins Zuchthaus, und der Henker auf sechs. Dass aber der Eber soll der Teufel gewesen sein, hat sich nicht bestätiget. Denn er wurde von den nacheilenden Jägern erlegt und zum Forstamt geliefert; der Teufel aber befindet sich noch am Leben.

REBEKKA SALM

Schweizer Kracher

I.

Der Duft von gebratenen Cervelats liegt in der Luft. Unter den Fenstersimsen des Dorfschulhauses hängen rot die Schweizerfahnen. Auf den Fenstersimsen blühen rot die Geranien. Der Abwart hat sie grosszügig gegossen. Die Wasserflecken auf dem Boden unter den Blumenkästen sind fast schon verdunstet. Verdunstet ist auch das Bier des Müller Heiri. Das Ursi wirft ihrem Mann einen bösen Blick zu, als der mit dem leeren Bierglas in Richtung Serviertochter winkt. Die Serviertochter bringt ihm ein volles.

«Prost Tschanz!»

«Prost Heiri!»

Die beiden Männer trinken in durstigen Schlucken, wischen sich mit den Handrücken den Schaum von den Oberlippen. Der Tschanz trocknet den Handrücken an der Hose ab. Die Karin macht ein zischendes Geräusch und rubbelt mit der Papierserviette über die fleckige Hose ihres Mannes.

«Schau dir das an, Tschanz», sagt der Heiri. «Man kann die Baracke von hier aus sehen. Mitten im Dorf. An bester Lage. So gut wohnt unsereins nicht.»

«Und das, obwohl der Krieg vorbei ist», sagt der Tschanz. «Die sollen gefälligst dorthin zurück, wo sie hergekommen sind. Mit dem Schlauchboot retour übers Mittelmeer. Adieu Merci.»

«Die sind mit dem Schlauchboot gekommen?», fragt der Markus. Er ist Müllers Jüngster.

«Wäre ja noch schöner, wenn die mit dem Flugzeug anreisen würden», sagt die Karin. «Zuzutrauen wäre es ihnen aber. Unsere Babybadewanne habe ich denen gespendet. Die extragrosse. Die war noch einwandfrei. Hätte ich für gutes Geld verkaufen können. Und die lassen sie einfach vor der Baracke stehen. Bei Wind und Wetter. War wohl nicht gut genug für die feinen Leute aus Arabien.»

«Aber Mama», mischt sich Tanja ein, die Tschanz-Tochter. «Die haben gar kein Baby. Die haben nur einen Buben, den Hamed, und der geht mit mir in den Kindergarten.»

«Ist das nicht gefährlich», hakt der Markus nach, «mit dem Schlauchboot übers Meer fahren?»

«Mol, mol», sagt der Tschanz und rülpst in die Faust. Seine Finger glänzen vom Fett der Pouletflügeli. «Steht ja jeden Sonntag im Blick, dass die absaufen wie Wetzsteine.»

«Das ist aber schlimm», sagt der Markus.

«Schlimm, ja», sagt der Heiri. «Die sind aber auch selber schuld. Bekriegen sich gegenseitig. Schiessen Raketen aufeinander ab. Bumm.»

«Cool», sagt der Thomas. Er ist Müllers Ältester.

II.

Das Jodlerchörli Grosstannen singt von der schönen Heimat, die da liegt zwischen sanften Hügeln. Wo die Herden weiden, der Wein wächst und niemand Hunger leiden muss, weil derjenige, der ein Stück Brot hat, es mit dem teilt, der kein Stück Brot hat. Die Tschanz-Kinder sind satt. Sie haben sich davongeschlichen vom Tisch der Eltern. Die Müller-Kinder auch. Alle vier schieben sich den länger werdenden Schatten entlang ausser Sichtweite. Sie schlendern um die eingezäunten Gärten, werfen Steine auf streunende Katzen. Bei der Baracke treffen sie den Hamed.

«Bist du mit dem Schlauchboot gekommen?», fragt der Tschanz Beni.

Der Hamed schweigt.

«Du sollst was sagen», ruft der Markus und wirft einen Stein gegen den Hamed.

Der Hamed schweigt.

«Spielen wir Krieg», schlägt der Thomas vor. Er ist der Älteste. Was der vorschlägt, das gilt.

Sie schnappen sich Holzscheite von der Beige des alten Lüthi. Das sind die Gewehre. Dann ziehen sie die Babybadewanne hinter sich her, die lange in der Garage des Tschanz gestanden hat und jetzt vor der Baracke steht, bei Wind und Wetter. Die gibt ein prima Boot ab. Für die Flüchtlinge, die vor dem Krieg davonlaufen.

Auf der Hinterseite des Dorfschulhauses gehen die Stimmen der Jodler unter im Gurgeln des Bachs. Nur der Thomas kann in der Gumpe stehen. Behauptet er. Für die anderen ist das Wasser hier zu tief.

Jetzt ist Krieg. Die beiden grossen Buben sind die guten Araber, die beiden Kleinen die bösen Araber.

«Und wer soll der Flüchtling sein?», fragt der Beni.

«Der Flüchtling ist der Flüchtling», sagt der Thomas und zeigt auf den Hamed. Der macht einen Schritt rückwärts, als wolle er nicht flüchten. Kurzerhand setzt ihn der Thomas in die Wanne. Der Hamed ist leicht und wehrt sich nicht. Die Müller-Kinder und die Tschanz-Kinder tragen die Wanne zur Gumpe und schieben sie übers Kies ins Wasser.

«Sie schwimmt», johlt die Tanja.

Der Hamed quiekt, als Wasser über den Rand läuft.

«Du musst halt stillhalten», ruft der Thomas.

Der Hamed hält still.

Die Krieger kriegen. Der Flüchtling flüchtet.

Da fällt ein Schuss vom Schulhausplatz her.

Bumm.

Man könnte meinen, es habe den Hamed getroffen, so laut schreit er. Und fuchtelt.

Die Krieger kriegen es mit der Angst zu tun und laufen davon.

III.

Im Schlafzimmer liegt der Müller Heiri. Ihm brummt der Schädel von der gestrigen 1. August-Feier. Im Garten liegt das Ursi im Liegestuhl. Sie hat das T-Shirt über den Bauch hochgeschoben. Im Herbst fliegt die Familie Müller für eine Woche nach Kreta. Da möchte das Ursi am Pool nicht aussehen wie ein schneebedeckter Alpengipfel. Die Karin steht am Gartenzaun, in der Hand das Kübeli mit den Küchenabfällen. Sie muss zum Kompost. Erst will sie aber einen Schwatz halten.

«Hast du gehört», sagt sie, «man hat ihn gefunden, den Araber-Jungen. Weiter unten im Dorf. Können einem leid tun, die Eltern. Flüchten übers Meer und dann versauft das Kind im Dorfbach.»

Das Ursi nickt.

«Gestern hab' ich gedacht, die Kinder erzählen uns eine ihrer Räubergeschichten von wegen Krieg spielen und Babybadewanne», sagt die Karin, als das Ursi nichts sagt, «die sind aber auch zu einem ungünstigen Zeitpunkt wieder aufgetaucht, die Kinder, findest du nicht? Mitten in die Festrede. Auf jeden Fall hat mein Markus in der Nacht kein Auge zugetan. Der ist völlig durch den Wind. Hat Angst vor Strafe.»

«Wieso soll man die Kinder strafen», fragt das Ursi und setzt sich ächzend auf.

«Weil sie die Flucht ergriffen haben.»

«Ja Herrgott, sie hatten halt Angst.»

«Und die Tanja behauptet steif und fest, einer hätte auf sie geschossen dort unten am Bach.»

«Chabis», sagt das Ursi, «das war doch kein Schuss. Das wird Feuerwerk gewesen sein. Die können heutzutage ja nicht mehr warten mit losböllern, bis es ordentlich dunkel ist. Und dabei kosten die Raketen ein Heidengeld.»

«In der Landi neununddreissig Franken für fünf Stück», sagt die Karin.

«Ich sag's ja. Den Leuten geht's zu gut heutzutage», sagt das Ursi.

JOHANN PETER HEBEL
Missverstand

Im 90ger Krieg, als der Rhein auf jener Seite von französischen Schildwachen, auf dieser Seite von schwäbischen Kreis-Soldaten besetzt war, rief ein Franzos zum Zeitvertreib zu der deutschen Schildwache herüber: Filu! Filu! Das heisst auf gut deutsch: Spitzbube. Allein der ehrliche Schwabe dachte an nichts so Arges, sondern meinte, der Franzose frage: Wie viel Uhr? und gab gutmütig zur Antwort: halber vieri.

YVONN SCHERRER
Missverständnis

Am ne Samschtig am Morge früech ire Gaffee-Bar im Bahnhof Basu SBB. E jungi Chinesin, wo nöi isch z Basu, nimmt d Bstelige entgäge u kassiert y; ire Kolleg us Bolivie laat Gaffee use.

Drei Usflüglere stöh ir Schlange. Wo si drachöme, bsteut di einti uf Züridütsch: «Eis Cappuccino und zwei Latte!»

Di jungi Frou us China stutzt, chunnt hinger der Bar füre u fragt fründlech nache: «Eis Cappuccino?...»

Ungeduldig widerhout d Usflüglere d Bstelig i ihrem Dialäkt.

D Chinesin schänkt der Chundin es Lächle u rüeft irem Kolleg d Bstelig übere: «One Iced Cappuccino and two Latte!»

JOHANN PETER HEBEL

Die drei Diebe

Der geneigte Leser wird ermahnt, nicht alles für wahr zu halten, was in dieser Erzählung vorkommt. Doch ist sie in einem schönen Buch beschrieben und zu Vers gebracht.

Der Zundel-Heiner und der Zundel-Frieder trieben von Jugend auf das Handwerk ihres Vaters, der bereits am Auerbacher Galgen mit des Seilers Tochter kopuliert war, nämlich mit dem Strick; und ein Schulkamerad, der rote Dieter, hielt's auch mit und war der Jüngste. Doch mordeten sie nicht und griffen keine Menschen an, sondern visitierten nur so bei Nacht in den Hühnerställen, und wenn's Gelegenheit gab, in den Küchen, Kellern und Speichern, allenfalls auch in den Geldtrögen, und auf den Märkten kauften sie immer am wohlfeilsten ein. Wenn's aber nichts zu stehlen gab, so übten sie sich untereinander mit allerlei Aufgaben und Wagstücken, um im Handwerk weiter zu kommen. Einmal im Wald sieht der Heiner auf einem hohen Baum einen Vogel auf dem Nest sitzen, denkt, er hat Eier, und fragt die andern: «Wer ist im stand und holt dem Vogel dort oben die Eier aus dem Nest, ohne dass es der Vogel merkt?» Der Frieder, wie eine Katze, klettert hinauf, naht sich leise dem Nest, bohrt langsam ein Löchlein unten drein, lässt ein Eilein nach dem andern in die Hand fallen, flickt das Nest wieder zu mit Moos, und bringt die Eier. – «Aber wer dem Vogel die Eier wieder unterlegen kann», sagte jetzt der Frieder, «ohne dass es der Vogel merkt!» Da kletterte der Heiner den Baum hinan, aber der Frieder kletterte ihm nach, und während der Heiner dem Vogel langsam die Eier unterschob, ohne dass es der Vogel merkte, zog der Frieder dem Heiner langsam die Hosen ab, ohne dass es der Heiner merkte. Da gab es ein gross Gelächter, und die beiden andern sagten: «Der Frieder ist der Meister.» Der rote Dieter aber sagte: «Ich sehe schon, mit Euch kann ich's nicht zugleich tun, und wenn's einmal zu bösen Häusern geht, und der Letze kommt über uns, so ist's mir nimmer Angst für euch, aber für mich.» Also ging er fort, wurde wieder ehrlich, und lebte mit seiner Frau arbeitsam und häuslich. Im Spätjahr, als die zwei andern noch nicht lang auf dem Rossmarkt ein Rösslein gestohlen hatten, besuchten sie einmal den Dieter und fragten ihn, wie es ihm gehe; denn sie hatten gehört, dass er ein Schwein geschlachtet, und wollten ein wenig acht geben, wo es liegt. Es hing in der Kammer an der Wand. Als sie fort waren, sagte der Dieter: «Frau, ich will das Säulein in die Küche tragen, und die Mulde drauf decken, sonst ist es morgen nimmer unser.» In der Nacht kommen die Diebe, brechen, so leise sie können, die Mauer durch, aber die Beute war nicht mehr da. Der Dieter merkt etwas, steht auf, geht um das Haus, und sieht nach. Unterdessen schleicht der Heiner um das andere Eck herum ins Haus bis zum Bett, wo die Frau lag, nimmt ihres Mannes Stimme an, und sagt: «Frau, die Sau ist nimmer in der Kammer.» Die Frau sagt: «Schwätz nicht so einfältig! Hast du sie nicht selber in die Küche unter die Mulde getragen?» «Ja so», sagte der Heiner, «drum bin ich halb im Schlaf», und ging, holte das Schwein, und trug es unbeschrien fort, wusste in der finstern Nacht nicht, wo der Bruder ist, dachte, er wird schon kommen an den bestellten Platz im Wald. Und als der Dieter wieder ins Haus kam, und nach dem Säulein greifen will, «Frau», rief er, «jetzt haben's die Galgenstricke doch geholt.» Allein, so geschwind gab er nicht gewonnen, sondern setzte den Dieben nach, und als er den Heiner einholte (er war schon weit vom Hause weg), und als er merkte, dass er allein sei, nahm er schnell die Stimme des Frieders an und sagte: «Bruder, lass jetzt mich das Säulein tragen, du wirst müd sein.» Der Heiner meint, es sei der Bruder, und gibt ihm das Schwein, sagt, er wolle vorausgehen in den Wald und ein Feuer machen. Der Dieter aber kehrte hinter ihm um, sagte für sich selber: «Hab ich dich wieder, du liebes Säulein?» und trug es heim. Unterdessen irrte der Frieder in der Nacht herum, bis er im Wald das Feuer sah und kam, und fragte den Bruder: «Hast du die Sau, Heiner?» Der Heiner sagte: «Hast du sie denn nicht, Frieder?» Da schauten sie einander mit grossen Augen an, und hätten kein so prasselndes Feuer von buchenen Spänen gebraucht zum Nachtkochen. Aber desto schöner prasselte jetzt das Feuer daheim in Dieters Küche. Denn das Schwein wurde sogleich nach der Heimkunft verhauen, und Kesselfleisch über das Feuer getan. Denn der Dieter sagte: «Frau, ich bin hungerig, und was wir nicht beizeiten essen, holen die Schelmen doch.» Als er sich aber in einen Winkel legte und ein wenig schlummerte, und die Frau kehrte mit der eisernen Gabel das Fleisch herum, und schaute einmal nach der Seite, weil der Mann im Schlaf so ängstlich seufzte, kam eine zugespitzte Stange langsam durch das Kamin herab, spiesste das beste Stück im Kessel an, und zog's herauf; und als der Mann im Schlaf immer ängstlicher winselte, und die Frau immer emsiger nach ihm sah, kam die Stange zum zweitenmal und zum drittenmal; und als die Frau den Dieter weckte: «Mann, jetzt wollen wir anrichten», da war der Kessel leer, und wär ebenfalls kein so grosses Feuer nötig gewesen zum Nachtkochen. Als sie aber beide schon im Begriff waren, hungerig ins Bett zu gehen, und dachten: Will der Henker das Säulein holen, so können wir's ja doch nicht heben, da kamen die Diebe vom Dach herab, durch das Loch der Mauer in die Kammer, und aus der Kammer in die Stube, und brachten wieder, was sie gemaust hatten. Jetzt ging ein fröhliches

Leben an. Man ass und trank, man scherzte und lachte, als ob man gemerkt hätte, es sei das letztemal, und war guter Dinge, bis der Mond im letzten Viertel über das Häuslein wegging, und zum zweitenmal im Dorf die Hahnen krähten, und von weitem der Hund des Metzgers bellte. Denn die Strickreiter waren auf der Spur, und als die Frau des roten Dieters sagte: «Jetzt ist's einmal Zeit ins Bett», kamen die Strickreiter von wegen des gestohlenen Rössleins, und holten den Zundel-Heiner und den Zundel-Frieder in den Thurn und in das Zuchthaus.

HANSJÖRG SCHNEIDER

Wie ich den Unterschied zwischen Raub und Diebstahl kennenlernte

Vom «Schatzkästlein des rheinischen Hausfreundes», so lautet der Titel der gesammelten Kalendergeschichten von Johann Peter Hebel, lag in meiner Kindheit in jedem aargauischen Haushalt ein Exemplar auf dem Büchergestell. Das kam daher, dass es erstens vom Sauerländer Verlag in Aarau in einer Riesenauflage vertrieben wurde. Und zweitens daher, dass diese Geschichten fürs einfache Volk geschrieben worden waren. Was dazu führte, dass ich sie schon in jungen Jahren bestimmt ein halbes Dutzend Mal las. Wobei es mir die drei Spitzbuben Zundelheiner, Zundelfrieder und der rote Dieter besonders angetan hatten. Die klauten, was das Zeug hielt. Und das war in der damaligen Kleinbürgerwelt, in der ich aufwuchs, eine unerhörte Frechheit, die mich faszinierte.

Hebel selber beschreibt die drei Gauner so: «Der Zundel-Heiner und der Zundel-Frieder trieben von Jugend auf das Handwerk ihres Vaters, der bereits am Auerbacher Galgen mit des Seilers Tochter kopuliert war, nämlich mit dem Strick; und ein Schulkamerad, der rote Dieter, hielt's auch mit und war der Jüngste. Doch mordeten sie nicht und griffen keine Menschen an, sondern visitierten nur so bei Nacht in den Hühnerställen, und wenn's Gelegenheit gab, in den Küchen, Kellern und Speichern, allenfalls auch in den Geldtrögen.»

Es war am 13. Mai 2023, es war an einem Samstag Morgen. Ich wollte für das Wochenende einkaufen und vorher in der Kantonalbank an der Ecke vorn tausend Franken abheben. An einem Samstag Morgen, das wusste ich, war der Schalterraum der Bank geschlossen, aber der Vorraum mit den Bankomaten war offen.

Ich betrat also diesen Vorraum und sah, dass die vier Bankomaten besetzt waren und ungefähr ein halbes Dutzend Leute warteten, bis sie an der Reihe waren. Also wartete ich auch und ging in Gedanken meine geplanten Einkäufe durch, damit ich nichts vergass. Brot, Milch, Käse, Wurst, Salat, was man halt so braucht.

Es fiel mir nichts weiter auf, ausser dass niemand der Anwesenden auch nur ein einziges Wort sagte. Auch diejenigen, die nach den Noten griffen, die der Automat soeben freigegeben hatte, gaben keinen Ton von sich. Kein Grund zur Freude also, kein Jubelgeschrei beispielsweise. Alles normal, über Geld redete man nicht, nicht einmal vor einem Geldautomaten.

Endlich war einer der Automaten frei. Ich trat hin, schob meine Karte ein und drückte die entsprechenden Zahlen. Alles lief ab wie gewohnt.

Als ich die Karte wieder herauszog, sah ich einen etwa fünfzigjährigen Mann, der mir bisher nicht aufgefallen war. Was mir hingegen auffiel, war die Tatsache, dass ich mit diesem Mann allein im Raum war. Es ging jetzt alles sehr schnell. Der Mann trat direkt hinter mich und deutete auf den Boden rechts, wo komischerweise eine fremde Banknote lag. Ich wollte dem Mann erklären, dass diese Note nicht von mir sein konnte. Aber schon war er links von mir vorbei, wo die bezogenen Hunderternoten lagen. Ich schaute völlig perplex zu, wie er diese Noten an sich nahm und mich kurz ins Auge fasste. Dies war ein Überfall, das realisierte ich genau, ohne auf diese Erkenntnis in irgendeiner Weise reagieren zu können. Wie gelähmt schaute ich zu, wie mir der Mann zwei der Hunderternoten, die jetzt seine Hunderternoten waren, aufmunternd hinstreckte. Und ich nahm sie sehr erstaunt entgegen. Und schon war er durch die sich automatisch öffnende Tür verschwunden.

Und kein Zittern in den Knien, kein Schrei aus der Kehle. Ich steckte die beiden Hunderter ein, ging ebenfalls hinaus und betrat das Café nebenan, wo ich Leute kannte. Dort erzählte ich, dass ich soeben überfallen worden sei. Worauf einer sogleich die Polizei rief. Ich weiss noch, dass ich behauptete, das sei sinnlos. Das sei ein Profi gewesen, der sich nie und nimmer fangen liesse.

Die Polizisten waren in wenigen Minuten da. Ich gab an, was ich wusste. Ungefähr fünfzig, Hände und Gesicht eines Bauern vom Balkan oder irgendwo. Sehr wahrscheinlich aus einer Kultur, die alte Männer in Ehren hielten. Immerhin habe er mir zweihundert Franken zurückgegeben, nachdem er mein Alter eingeschätzt habe. Und ich sei ihm unendlich dankbar, dass er mich nicht zu Boden gehauen habe.

Ein Zeichen dafür, sagte einer der beiden Polizisten, dass es tatsächlich ein Profi gewesen sei, der den Unterschied zwischen Raub und Diebstahl kannte. Raub sei mit Gewalt, Diebstahl sei ohne Gewalt. Was sich bei einer eventuellen Verurteilung massiv auf das Strafmass auswirke.

Ich hatte diese Geschichte schon beinahe vergessen, als ich rund drei Monate später von der Basler Polizei Bericht erhielt, dass der freundliche Dieb, der einen Teil seiner Beute mit seinem Opfer geteilt hatte, gefasst worden sei. Und zwar in Olten, wo er in einer Denner-Filiale eine Frau bestehlen wollte.

Sein Herkunftsland sei Rumänien, der Wohnort Mulhouse in Frankreich. Die beschuldigte Person werde wie folgt bestraft: Freiheitsstrafe von 140 Tagen, aufgeschoben unter Ansetzung einer Probezeit von 3 Jahren. Der beschuldigten Person werden die Verfahrenskosten auferlegt.

Was die Freiheitsstrafe anbetrifft, war weiter unten zu lesen: «Auf Grund der persönlichen Verhältnisse des Beschuldigten (unsteter Wohnsitz, Mittellosigkeit) ist dieser nicht in der Lage, eine Geldstrafe mit eigenen Mitteln zu bezahlen, bzw. ist nicht ersichtlich, wie diese Leistung von ihm eingefordert werden könnte. Eine Geldstrafe als Sanktion kommt somit nicht in Frage.»

JOHANN PETER HEBEL

Anfrage

Der Hausfreund hat schon vor Jahren in dem ehemaligen Badischen Land-Kalender den jungen Mannsleuten den guten Rat erteilt: «Ihr sollt eure ledernen Strumpfriemen, die ihr unter den Knien tragt, nicht so fest anziehen und einschnallen. Denn ihr meint, die Beine sollen sich dadurch mehr heraus heben und etwas stärker aussehen. Aber konträri, ihr presst damit die Adern und Äderlein zusammen und es kann nicht mehr soviel Blut mehr durchlaufen, als zur Ernährung der Gliedmassen nötig ist. Daher kommt es, dass so mancher junge Mensch bei einem sonst so kräftigen und ansehnlichen Wuchs so dünne Storchenbeine hat, die ihn nicht freuen können, wenn er sie ansieht.»

Der Hausfreund fragt hiermit an, ob sein guter Rat befolgt worden ist, und will's noch einmal erinnert haben, eh' er kommt und selber nachsieht.

BEAT STERCHI

Gehen

Die «Verbindung der Schweizer Ärztinnen und Ärzte» FMH macht die Bevölkerung seit Jahren darauf aufmerksam, dass der Gesundheit nichts förderlicher sei als ausreichende körperliche Bewegung. Ein paar tausend Schritte pro Tag wirkten angeblich Wunder. Ein einstündiger Spaziergang täglich ersetze fast jede Medizin.

Endlich wird damit die Fähigkeit zu gehen, insbesondere der sogenannte aufrechte Gang, wieder als das erkannt, was er ist: ein Geschenk an den Menschen, der nicht dazu gemacht ist, sein Leben zwischen Arbeit und Wohnort, zwischen Schule und Einkaufszentrum im Auto zu verbringen. Auch besteht kein Zweifel, dass das eigentliche gesellschaftliche Leben genau dort stattfindet, wo sich die Wege der Menschen kreuzen.

Deshalb werden die an der Volkgesundheit interessierten Verbände nicht müde, alle Müssiggängerinnen und Müssiggänger daran zu erinnern, dass man zu Fuss sehr schnell sehr weit kommen könne und dadurch auch die Welt besser verstehe.

JOHANN PETER HEBEL

Drei Worte

Ein Jude in Endingen im Wirtshaus erblickte einen Kaufherrn, der ihm bekannt vorkam. «Seid Ihr nicht einer von den graussmütigen Herrn, dass ich hab die Gnad gehabt mit ihnen von Basel nach Schalampi zu fahren auf dem Wasser.» Der Gersauer Kaufherr, er war von Gersau, sagte: Hast du unterdessen nichts neues ausspintisiert, Reiskamerad? Der Jud antwortet: «Habt Ihr gute Geschäfte gemacht auf der Messe? Wenn Ihr gute Geschäfte gemacht habt – um einen Sechsbätzner, Ihr könnten mir drei Worte nicht nachsagen.» Der Gersauer dachte: «Ein paar Franken hin oder her. Lass hören!» Der Jud sagte: «Messerschmid». Der Gersauer: «Messerschmid». «Dudelsack» – «Dudelsack». Da schmunzelte der Jude und sagte: «Falsch!» – Da dachte der Gersauer hin und her, wo er könnte gefehlt haben. Aber der Jude zog eine Kreide aus der Tasche und machte damit einen Strich. «Einmal gewonnen.» «Noch einmal!», sagte der Kaufherr: Der Jud sagte: «Baumöl». Der Kaufherr: «Baumöl». «Rotgerber» – «Rotgerber». Da schmunzelte der Hebräer abermal, und sagte: «Falsch», und so trieben sie's zum sechstenmal. Als sie's zum sechstenmal so getrieben hatten, sagte der Kaufherr: «Nun will ich dich bezahlen, wenn du mich überzeugen kannst, wo ich gefehlt habe.» Der Jude sagte: «Ihr habt mir das dritte Wort nie nachgesprochen. ‹Falsch› war das dritte Wort, das habt Ihr mir nie nachgesprochen», und also war die Wette gewonnen.

BEAT STERCHI

Bissiger Hund

Wenn in Bern die Räte tagen, sind die Lokale in der Nähe des Bundeshauses immer voll von bekannten und weniger bekannten Politikern. Einmal, als ein Stammgast mit seinem Hund die «Bierquelle» betrat, waren alle Tische besetzt. Nur an einem einzigen, an dem ein Mann alleine die Zeitung las, waren noch Stühle frei.

Als der Stammgast mit dem Hund den Mann fragte, ob er sich zu ihm setzen dürfe, schaute dieser von der Zeitung auf und fragte, ob der Hund beisse.

Weil an den anderen Tischen gerade nicht nur heftig über Parteigrenzen hinweg gestikuliert und diskutiert, sondern auch gescherzt und gelacht wurde, sagte der Stammgast, sein Hund beisse nur Nationalräte. Darauf wandte sich der Mann wieder der Zeitung zu und sagte: «Dann ist gut, ich bin Ständerat.»

JOHANN PETER HEBEL

Kannitverstan

Der Mensch hat wohl täglich Gelegenheit, in Emmendingen und Gundelfingen, so gut als in Amsterdam Betrachtungen über den Unbestand aller irdischen Dinge anzustellen, wenn er will, und zufrieden zu werden mit seinem Schicksal, wenn auch nicht viel gebratene Tauben für ihn in der Luft herum fliegen. Aber auf dem seltsamsten Umweg kam ein deutscher Handwerksbursche in Amsterdam durch den Irrtum zur Wahrheit und zu ihrer Erkenntnis. Denn als er in diese grosse und reiche Handels-Stadt, voll prächtiger Häuser, wogender Schiffe und geschäftiger Menschen, gekommen war, fiel ihm sogleich ein grosses und schönes Haus in die Augen, wie er auf seiner ganzen Wanderschaft von Duttlingen bis nach Amsterdam noch keines erlebt hatte. Lange betrachtete er mit Verwunderung dies kostbare Gebäude, die 6 Kamine auf dem Dach, die schönen Gesimse und die hohen Fenster, grösser als an des Vaters Haus daheim die Tür. Endlich konnte er sich nicht entbrechen, einen Vorübergehenden anzureden. «Guter Freund», redete er ihn an, «könnt Ihr mir nicht sagen, wie der Herr heisst, dem dieses wunderschöne Haus gehört mit den Fenstern voll Tulipanen, Sternenblumen und Levkoien?» – Der Mann aber, der vermutlich etwas wichtigeres zu tun hatte und zum Unglück gerade so viel von der deutschen Sprache verstand, als der Fragende von der holländischen, nämlich Nichts, sagte kurz und schnauzig: «Kannitverstan», und schnurrte vorüber. Dies war nun ein holländisches Wort, oder drei, wenn man's recht betrachtet, und heisst auf deutsch soviel, als: «Ich kann Euch nicht verstehn.» Aber der gute Fremdling glaubte, es sei der Name des

Mannes, nach dem er gefragt hatte. Das muss ein grundreicher Mann sein, der Herr Kannitverstan, dachte er, und ging weiter. Gass aus Gass ein kam er endlich an den Meerbusen, der da heisst: Het Ey, oder auf deutsch: das Ypsilon. Da stand nun Schiff an Schiff, und Mastbaum an Mastbaum; und er wusste anfänglich nicht, wie er es mit seinen zwei einzigen Augen durchfechten werde, alle diese Merkwürdigkeiten genug zu sehen und zu betrachten, bis endlich ein grosses Schiff seine Aufmerksamkeit an sich zog, das vor kurzem aus Ostindien angelangt war, und jetzt eben ausgeladen wurde. Schon standen ganze Reihen von Kisten und Ballen auf- und nebeneinander am Lande. Noch immer wurden mehrere herausgewälzt, und Fässer voll Zucker und Kaffee, voll Reis und Pfeffer, und salveni Mausdreck darunter. Als er aber lange zugesehn hatte, fragte er endlich einen, der eben eine Kiste auf der Achsel heraustrug, wie der glückliche Mann heisse, dem das Meer all diese Waren an das Land bringe. «Kannitverstan», war die Antwort. Da dachte er: Haha, schaut's da heraus? Kein Wunder, wem das Meer solche Reichtümer an das Land schwemmt, der hat gut solche Häuser in die Welt stellen, und solcherlei Tulipanen vor die Fenster in vergoldeten Scherben. Jetzt ging er wieder zurück und stellte eine recht traurige Betrachtung bei sich selbst an, was er für ein armer Teufel sei unter so viel reichen Leuten in der Welt. Aber als er eben dachte: Wenn ich's doch nur auch einmal so gut bekäme, wie dieser Herr Kannitverstan es hat, kam er um eine Ecke, und erblickte einen grossen Leichenzug. Vier schwarz vermummte Pferde zogen einen ebenfalls schwarz überzogenen Leichenwagen langsam und traurig, als ob sie wüssten, dass sie einen Toten in seine Ruhe führten. Ein langer Zug von Freunden und Bekannten des Verstorbenen folgte nach, Paar und Paar, verhüllt in schwarze Mäntel, und stumm. In der Ferne läutete ein einsames Glöcklein. Jetzt ergriff unsern Fremdling ein wehmütiges Gefühl, das an keinem guten Menschen vorübergeht, wenn er eine Leiche sieht, und er blieb mit dem Hut in den Händen andächtig stehen, bis alles vorüber war. Doch machte er sich an den letzten vom Zug, der eben in der Stille ausrechnete, was er an seiner Baumwolle gewinnen könnte, wenn der Zentner um 10 Gulden aufschlüge, ergriff ihn sachte am Mantel, und bat ihn treuherzig um Excüse. «Das muss wohl auch ein guter Freund von Euch gewesen sein», sagte er, «dem das Glöcklein läutet, dass Ihr so betrübt und nachdenklich mitgeht.» «Kannitverstan!», war die Antwort. Da fielen unserm guten Duttlinger ein paar grosse Tränen aus den Augen, und es ward ihm auf einmal schwer und wieder leicht ums Herz. «Armer Kannitverstan», rief er aus, «was hast du nun von allem deinem Reichtum? Was ich einst von meiner Armut auch bekomme: ein Totenkleid und ein Leintuch, und von allen deinen schönen Blumen vielleicht einen Rosmarin auf die kalte Brust, oder eine Raute.» Mit diesem Gedanken begleitete er die Leiche, als wenn er dazu gehörte, bis ans Grab, sah den vermeinten Herrn Kannitverstan hinabsenken in seine Ruhestätte und ward von der holländischen Leichenpredigt, von der er kein Wort verstand, mehr gerührt als von mancher deutschen, auf die er nicht acht gab. Endlich ging er leichten Herzens mit den andern wieder fort, verzehrte in einer Herberge, wo man Deutsch verstand, mit gutem Appetit ein Stück Limburger Käse, und wenn es ihm wieder einmal schwer fallen wollte, dass so viele Leute in der Welt so reich seien, und er so arm, so dachte er nur an den Herrn Kannitverstan in Amsterdam, an sein grosses Haus, an sein reiches Schiff, und an sein enges Grab.

BEAT STERCHI

Kluge Erben

In Bern gab es einen stadtbekannten Metzgermeister, der durch eigene Kraft zu einem grossen Vermögen gekommen war. Als er auf dem Sterbebett lag, berichtete einer seiner Söhne am Stammtisch in der «Glocke», dass der Vater von der Idee besessen sei, sein Geld mit ins Grab zu nehmen. Nachdem der Metzgermeister dann gestorben war und schon unter der Erde lag, wurde der Sohn gefragt, ob er und seine Geschwister dem Vater nun sein wohlverdientes Geld, wie gefordert, in den Sarg gelegt hätten. Ja, sagte der Sohn, man habe dem Vater auf die letzte Reise einen Scheck mitgegeben.

JOHANN PETER HEBEL

Unverhofftes Wiedersehen

In Falun in Schweden küsste vor guten fünfzig Jahren und mehr ein junger Bergmann seine junge hübsche Braut und sagte zu ihr: «Auf Sankt Luciä wird unsere Liebe von des Priesters Hand gesegnet. Dann sind wir Mann und Weib, und bauen uns ein eigenes Nestlein.» – «Und Friede und Liebe soll darin wohnen», sagte die schöne Braut mit holdem Lächeln, «denn du bist mein Einziges und Alles, und ohne dich möchte ich lieber im Grab sein, als an einem andern Ort.» Als sie aber vor St. Luciä der Pfarrer zum zweitenmal in der Kirche ausgerufen hatte: «So nun jemand Hindernis wüsste anzuzeigen, warum diese Personen nicht möchten ehelich zusammenkommen.» Da meldete sich der *Tod*. Denn als der Jüngling den andern Morgen in seiner schwarzen Bergmannskleidung an ihrem Haus vorbeiging, der Bergmann hat sein Totenkleid immer an, da klopfte er zwar noch einmal an ihrem Fenster, und sagte ihr guten Morgen, aber keinen guten Abend mehr. Er kam nimmer aus dem Bergwerk zurück, und sie saumte vergeblich selbigen Morgen ein schwarzes Halstuch mit rotem Rand für ihn zum Hochzeittag, sondern als er nimmer kam, legte sie es weg, und weinte um ihn und vergass ihn nie. Unterdessen wurde die Stadt Lissabon in Portugal durch ein Erdbeben zerstört, und der siebenjährige Krieg ging vorüber, und Kaiser Franz der Erste starb, und der Jesuiten-Orden wurde aufgehoben und Polen geteilt, und die Kaiserin Maria Theresia starb, und der Struensee wurde hingerichtet, Amerika wurde frei, und die vereinigte französische und spanische Macht konnte Gibraltar nicht erobern. Die Türken schlossen den General

Stein in der Veteraner Höhle in Ungarn ein, und der Kaiser Joseph starb auch. Der König Gustav von Schweden eroberte russisch Finnland, und die französische Revolution und der lange Krieg fing an, und der Kaiser Leopold der Zweite ging auch ins Grab. Napoleon eroberte Preussen, und die Engländer bombardierten Kopenhagen, und die Ackerleute säeten und schnitten. Der Müller mahlte, und die Schmiede hämmerten, und die Bergleute gruben nach den Metalladern in ihrer unterirdischen Werkstatt. Als aber die Bergleute in Falun im Jahr 1809 etwas vor oder nach Johannis zwischen zwei Schachten eine Öffnung durchgraben wollten, gute dreihundert Ehlen tief unter dem Boden gruben sie aus dem Schutt und Vitriolwasser den Leichnam eines Jünglings heraus, der ganz mit Eisenvitriol durchdrungen, sonst aber unverwest und unverändert war; also dass man seine Gesichtszüge und sein Alter noch völlig erkennen konnte, als wenn er erst vor einer Stunde gestorben, oder ein wenig eingeschlafen wäre, an der Arbeit. Als man ihn aber zu Tag ausgefördert hatte, Vater und Mutter, Gefreunde und Bekannte waren schon lange tot, kein Mensch wollte den schlafenden Jüngling kennen oder etwas von seinem Unglück wissen, bis die ehemalige Verlobte des Bergmanns kam, der eines Tages auf die Schicht gegangen war und nimmer zurückkehrte. Grau und zusammengeschrumpft kam sie an einer Krücke an den Platz und erkannte ihren Bräutigam; und mehr mit freudigem Entzücken als mit Schmerz sank sie auf die geliebte Leiche nieder, und erst als sie sich von einer langen heftigen Bewegung des Gemüts erholt hatte, «es ist mein Verlobter», sagte sie endlich, «um den ich fünfzig Jahre lang getrauert hatte, und den mich Gott noch einmal sehen lässt vor meinem Ende. Acht Tage vor der Hochzeit ist er auf die Grube gegangen und nimmer gekommen.» Da wurden die Gemüter aller Umstehenden von Wehmut und Tränen ergriffen, als sie sahen die ehemalige Braut jetzt in der Gestalt des hingewelkten kraftlosen Alters und den Bräutigam noch in seiner jugendlichen Schöne, und wie in ihrer Brust nach 50 Jahren die Flamme der jugendlichen Liebe noch einmal erwachte; aber er öffnete den Mund nimmer zum Lächeln oder die Augen zum Wiedererkennen; und wie sie ihn endlich von den Bergleuten in ihr Stüblein tragen liess, als die einzige, die ihm angehöre, und ein Recht an ihn habe, bis sein Grab gerüstet sei auf dem Kirchhof. Den andern Tag, als das Grab gerüstet war auf dem Kirchhof und ihn die Bergleute holten, legte sie ihm das schwarzseidene Halstuch mit roten Streifen um, und begleitete ihn in ihrem Sonntagsgewand, als wenn es ihr Hochzeittag und nicht der Tag seiner Beerdigung wäre. Denn als man ihn auf dem Kirchhof ins Grab legte, sagte sie: «Schlafe nun wohl, noch einen Tag oder zehen im kühlen Hochzeitbett, und lass dir die Zeit nicht lange werden. Ich habe nur noch wenig zu tun, und komme bald, und bald wird's wieder Tag. – Was die Erde einmal wieder gegeben hat, wird sie zum zweitenmal auch nicht behalten», sagte sie, als sie fortging, und noch einmal umschaute.

ALAIN CLAUDE SULZER

Wiedersehen

Sie sitzt da und lächelt. Sie schaut nach oben, sie schaut nach unten. Hin und wieder öffnet sich die Tür in ihrem Rücken, X kommt herein, tritt ans Fenster, öffnet es, schiebt sie dorthin, damit sie hinausschauen soll, sie schaut und schaut. Sie sieht einen Baum, auf dem ein Schatten sitzt. Muss sie X fürchten? Nun ist sie also da. Sie möchte weg. Sie ist nicht da. Sie bleibt da. Sie sitzt auf einem Stuhl, der sich bewegt. Auch die Zeit gleitet dahin, mal vor, mal zurück. Auch sie ist X, und die anderen sind X. Es gibt nur X. X kommt, X bleibt, X geht.

X spricht sie mit einem Namen an, den sie nicht kennt: Frau Mahler, Frau Mahler. Sie hat keinen Namen. Sie kennt X nicht, die sie wieder mit einem Namen anspricht, den sie nicht kennt, sie schaut sie mit grossen Augen an. Maler? Sie sagt: Ich bringe Ihnen einen Spiegel, Frau Mahler. X bringt ihr ein rundes Stück Holz, durch das sie hindurchsieht. X sagt: Frau Mahler, das ist ein Spiegel, schauen Sie nur hinein, aber sie schiebt das Ding zur Seite, das man ihr vors Gesicht hält. Frau Mahler, Frau Mahler, das ist ein Spiegel, schauen Sie nur hinein, so sehen Sie sich, so sehen Sie aus.

Sie stösst X von sich und sagt: Ich kenne die nicht. X sagt: Das sind Sie. Sie lacht. Und Zeit fliesst davon, Monate, Wochen, Tage, Stunden. Dann wieder trägt sie einen Namen wie eine entfernte Verwandte. Maler? Maler? X fragt: Frau Mahler, möchten Sie … Die Frage verhallt im Raum, sie hat sie nicht verstanden. Frau Mahler ist dement, sagt jemand. Frau Mahler weiss nichts mehr.

Frau Mahler, Sie haben Besuch. Frau Mahler will manchmal niemanden sehen. Wir sind eine Demenzklinik, jeder ist frei zu tun, was er will, es gibt keine Regeln, manches aber versteht sie. Sie hat Besuch. Sie spricht Englisch statt Deutsch und Deutsch statt Englisch. Merkt sie es überhaupt? Dann lacht sie lauthals. Besuch? Hinter der Scheibe fällen sie einen dicken Baum, Männer in leuchtender Uniform. Baumstämme liegen quer auf dem Wasser. Es ist herrlich frisch. Ja, Frau Mahler. Wussten Sie, dass es einen Komponisten namens Mahler gab, Gustav Mahler? X lacht. Den Maler kenn ich! Essen. Schlafen.

Selbst wenn es ihr jemand erzählte, hätte sie vergessen, dass John F. Kennedy in Dallas ermordet wurde und dass im gleichen Jahr Skopje durch ein Erdbeben vollständig zerstört wurde. Sie hat vergessen, dass der Vietnamkrieg Millionen Tote forderte, währenddessen sie friedlich in ihrem Dorf lebte und mittags und abends in den Nachrichten hörte, was in der Welt an Schönem und Schlimmem, an Einfachem und Kompliziertem geschah. In fünfzig Jahren war das Papstamt von Johannes XXIII. auf Paul VI., von diesem auf Johannes Paul I. (der nur 33 Tage regierte), von ihm auf Johannes Paul II., danach auf Benedikt XVI. übergegangen, dann kam Franziskus. Nach ihm ist ein neuer Papst im Amt, Leo XIV. Sie hat vergessen, dass ein Umsturz im Iran die Diktatur des Schah durch die Diktatur der Mullahs ersetzte, dass die Mauer zwischen Ost und West fiel, dass auf den ersten der zweite Golfkrieg folgte, dass England die Falklandinseln zurückeroberte und Hongkong an China zurückfiel, dass Mao starb und Mitterand, der eine uneheliche Tochter hatte. Fünf Jugoslawienkriege kosteten 250'000 Menschen das Leben, und am 11. September 2001 wurden zwei entführte Flugzeuge in die höchsten Wolkenkratzer New Yorks gelenkt, die vor den Augen der ganzen Welt einstürzten. Ein Tsunami brachte in Südostasien Zerstörung und Tod (227'000 Tote), der russische Präsident überfiel die Ukraine, und unzählige andere grössere und kleinere Kriege fanden statt, grössere und kleinere Anschläge von Terroristen forderten unzählige Tote in Madrid und Paris, in Berlin und in Mumbai, das früher Bombay hiess. Französisch-Sudan wurde umbenannt und heisst nun Mali, Rhodesien heisst Simbabwe, Südwestafrika heisst Namibia und Burma heisst Myanmar. Auf der Insel Utøya schoss ein einziger Mensch innerhalb von 75 Minuten 69 Menschen tot, und alle paar Wochen stürmen Jugendliche in den USA ihre Schulen und erschiessen, wer ihnen ins Schussfeld gerät. Wo nichts dergleichen geschah, lebten Menschen in äusserem Frieden, während in den Kriegsgebieten Menschen täglich um ihre Gesundheit und Sicherheit, folglich um ihr Leben fürchten mussten, entweder froren oder unter der sengenden Sonne fast umkamen oder tatsächlich starben. Alles war in ständiger Bewegung.

Frau Mahler sitzt da und weiss nichts mehr von alledem, wie eine Tote, die ihre Erinnerungen mit ins Grab genommen hat, nur dass ihr Grab ein Zimmer ist. Sie selbst hatte in diesen fünfzig Jahren in dieser Welt und ausserhalb zugleich gelebt, erinnerte sich jedoch an nichts, nicht an gestern, nicht an die Menschen, mit denen sie verwandt oder befreundet gewesen war, auch nicht an den Mann, mit dem sie sechzig Jahre verheiratet gewesen war, nicht einmal an das Badezimmer, in das X sie hineinschob, um sie zu waschen, nicht an das Zimmer, in das sie nun zurückgeschoben wurde. Es war kein schlechter Zustand, und er hatte keinen Namen.

Eines Tages trat ein junger Mann in ihr Zimmer, als sie schlief oder so tat, jedenfalls lag sie mit geschlossenen Augen da und summte vor sich hin. Als sie die Augen aufschlug, weil jemand neben ihrem Bett sass, rief sie: Kaspar! Vor ihr stand der junge Mann, den sie als junge Frau geliebt und später geheiratet hatte. Zur grossen Verwunderung des jungen Mannes strahlte seine Grossmutter und richtete sich auf. Kaspar!, rief sie immer wieder, was für ein Glück, dich wiederzusehen! Wir werden heiraten. Weil sie ihr Glück nicht fassen konnte, schloss sie die Augen und wartete, bis der junge Mann das Zimmer verlassen hatte, bevor sie sie wieder öffnete und sich umschaute.

JOHANN PETER HEBEL

Hexenmehl

An vielen Orten pflegen die Mütter aus altem zerfressenem Holz das sogenannte Wurmmehl zu sammeln und herauszukratzen, auf dass, wenn die Kindlein in der Wiege sich aufliegen oder sonst wund werden, so bestreut man ihnen damit die wundgewordnen Stellen, und verschafft ihnen Linderung. Das wäre nun freilich gut, aber es gibt noch etwas Besseres.

Denn erstlich so kann man das Aufliegen und Wundwerden der Kinder gar oft verhüten, dass es gar nicht kommt, wenn man sie fleissig am ganzen Körper wascht, wenn man ihr Bettlein so reinlich hält, als möglich, und sie nicht länger in der Wiege liegen lässt, als zu ihrer Ruhe und Pflege nötig ist. Reinlichkeit ist in allen Dingen für die Gesundheit der Meister. Zweitens und wenn sich dies Wund werden nicht verhüten lässt, so ist das Wurmmehl noch nicht das zuträglichste Mittel dagegen. Denn das Wurmmehl ist noch nicht fein genug, für den zarten empfindlichen Körper eines solches Kindes. Ein ungeschickter Wurm kann nicht so fein mahlen. Hiernach ist das Wurmmehl auch nicht reinlich genug, sondern es ist meistens mit Staub, mit kleinen Holzsplitterlein und mit den Unreinigkeiten des ekelhaften Wurms selbst vermischt, und anstatt dem armen Kind zu helfen, verursacht man ihm oft nur grösseres Übel. Leute, die auf eine Kleinigkeit nicht zu sehen haben, gehen daher lieber in eine Apotheke und kaufen für ein Paar Kreuzer *Streumehl*, sonst auch einfältiger Weise *Hexenmehl* genannt. Dieses allein ist fein, rein und heilsam, denn es hat's kein Wurm gemahlen und bereitet, auch nicht des Apothekers Hand, er lässt's bleiben, auch keines Menschen

Hand, auch keine Hexe, sondern es kommt aus den reinen gütigen Händen der Natur selbst, und der Apotheker verkauft's nur. Nun wäre es keine Sache, wenn man sagte: «Mutter, lass dich ein Paar Kreuzer für ein Schächtlein voll Streumehl um deines zarten Kindes willen nicht reuen, wenn du es hast, und spar' es lieber an dir selber wieder!» Aber der Hausfreund weiss andern Rat. Er kann vielen von seinen Lesern mit einem beträchtlichen Vorrat davon unentgeltlich aushelfen, und bietet's hiemit an. Der Apotheker hört's nicht gern.

Es kommt nämlich dieses Streumehl von einer Pflanze, die überall in trockenen und bewachsenen Wald- und Heidegegenden vorkommt, und an verschiedenen Orten ungleiche Namen hat, als da sind *Bärlappe, Sankt Johannesgürtel, Drudenfuss, Wolfsklaue, Teufelsklaue, Neunheil* und so weiter. In der Gegend von Hausen zum Exempel auf dem Alzebühl, an dem Plassberg, im Wagengesperr hat sie der Hausfreund in seiner Kindheit oft gesehn und um den Leib herumgegürtet, hernachmals auch in Brassenheim und in Segringen. Sollte aber der Leser dieses Gewächs an keinem von obigen Namen erkennen können, so sieht es eben deswegen ganz kurios und nicht wie andere Kräuter aus, damit man es desto sicherer beschreiben kann. Es hat nämlich einen gelblich grünen Stengel, der sich mit seinen Ästen nicht in die Höhe treibt, sondern unter dem Gras und Laub links und rechts wie ein dünner Strick oder eine dicke Schnur auf dem Boden liegend fortwindet, immer neue Würzelein in die Erde hineintreibt, und ringsum mit viel tausend kleinen spitzigen anliegenden Blättlein, als wie mit Schuppen umgeben ist. Der geneigte Leser fängt schon an, etwas zu merken. «Nicht wahr», sagt er, «im Sommer steigen aus dem Winkel der Äste gerade, aufrecht stehende Stiele 3 bis 5 Zoll lang in die Höhe und auf jedem sitzen zwei, auch drei kleine runde Ähren oder Würstlein, und man kann oben an ihnen sehen, wo sich das Gewächs unter dem Gras und Laub hin windet?» – Ganz richtig! – «Und die Würstlein sind anfänglich auch mit fest anliegenden kleinen Blättlein oder Schuppen rings umgeben, aber im Spätjahr gehn die Blättlein oben los, und die Ähre öffnet sich in eben so viel kleine Fächlein?» Ganz richtig! Und nun ist alles klar, und in diesen offenen Fächlein liegt alsdann das reife Streumehl oder sogenannte Hexenmehl, das der Hausfreund anbietet. Wer's ihm abnehmen will, tut am besten, man gibt im Sommer Achtung, wo solche Pflanzen zu finden sind, und im September oder Oktober früh Morgens, wenn die Würstlein noch feucht vom Nachtduft sind, schickt man ein Paar Kinder hinaus, oder geht selber. Einer Mutter wird für ihr Kindlein kein Gang zu sauer. Hernach schneidet man mit einer Schere die Ähren ab, und tragt sie sorgfältig heim. Daheim legt man sie auf ein Papier, lässt sie dürr und trocken werden, schüttelt alsdann das Mehl heraus, und hebt es zum Gebrauch gut auf.

Der Hausfreund hat allemal eine stille Freude, wenn er bedenkt, wie die Einwohner auf dem Land und in den lustigen Tälern so manches umsonst haben können, wenn sie wollen, was man in der Stadt bezahlen muss und oft für teures Geld nicht haben kann, als Bohnen, Kirschen, Habermark, Himbeeren und Heidelbeeren genug, kühles Wasser, item Gesundheit, item Zufriedenheit, item Kurzweil, item Streumehl für die armen Kinder.

JULIA WEBER
Rosarote Blumen

Eines Tages läuft Meret den Weg, den sie immer läuft. Von ihrer kleinen Wohnung in der Stadtmitte über die grosse Wilhelmstrasse, durch einen kleinen Park, den alle den «Dackelpark» nennen, weil es einen Herrn gibt, der jeden Morgen mit seinen sieben Rauhaardackeln dort spazieren geht, die Treppe hoch auf die Brücke, dann über die alte Brücke aus Stahl, und schliesslich den Fluss entlang. Das macht Meret jeden Tag, seit über 24 Jahren. Und eines Tages, eben an dem Tag, von dem ich erzähle, geht sie den gleichen Weg wie immer, schaut auf den Fluss, das Wasser, das sie liebt, wie es fliesst, so logisch, so sanft und auch eigenwillig, auf die Enten, die auf dem Wasser treiben, ihren Kopf, weil es noch früh am Tag ist, auf den eigenen Rücken gelegt. Zum Beneiden, denkt Meret und hebt im Gehen das Gesicht zur Sonne. Und als sie es wieder senkt, schaut sie links neben sich in das Brombeergewächs, und in diesem sieht sie eine kleine, blass-rosarote Blume, und sie weiss sofort, so eine hat sie schon einmal irgendwo gesehen. Meret bleibt stehen. Sie schaut in das dichte Gebüsch, geht mit dem Gesicht gefährlich nahe an die Dornen heran und fragt sich, ob es eine Möglichkeit gibt, an diese Blume zu gelangen, ohne sich Schmerzen zuzufügen. Sie legt ihre Hand so zusammen, dass ihre Finger eine Spitze bilden, und schiebt sie ganz vorsichtig in das Brombeergewäschs hinein. Zu ihrem Erstaunen tut es nicht weh, die Dornen scheinen zurückzuweichen, das Dickicht scheint sich zu lichten, ja, es ist Meret, als würde die Hecke ihre Äste zur Seite nehmen, so dass sie ihre Hand hineinschieben kann, in das Innere des Strauchs. Sie erreicht die Blume, nimmt sie samt Stiel und Wurzel heraus. Sie hat ein Taschentuch aus Leinen in ihrer

Manteltasche, es gehörte ihrer Grossmutter, die ebenfalls Meret hiess, ein weisses Tuch, mit einer rosa Blume bestickt, und Meret erschrickt bei ihrem Anblick, es ist die gleiche wie jene, die sie in der Hand hält. Und Meret weiss, ihre Grossmutter hat das Taschentuch selbst bestickt. Das hat die Grossmutter ihr erzählt, als sie die Finger, krumm und verwachsen, nicht mehr gut bewegen konnte. Sie wickelt das Tüchlein um die Wurzel der Blume, dann geht sie weiter ihren Weg. Der Fluss scheint langsamer geworden zu sein. Die Enten schlafen noch.

Zu Hause nimmt sie die Blume aus der Manteltasche und topft sie sofort ein. Hat noch Erde auf dem Balkon. Sie hört ein Lied, auch eine Geige spielt darin. Meret liebt Geigenmusik. Und die Blume scheint sich ebenfalls zu freuen, öffnet ein wenig ihre Blütenblätter. Zwischen ihnen sieht Meret ein Gelb, ein zuckriges Gelb, und sie steckt den Finger hinein. Ein wenig Puder bleibt an ihrem Finger kleben, Blütenstaub. Sie nimmt den Finger in den Mund, und während sie ihn erneut in die Blume drückt, fragt sie sich, wieso um alles in der Welt sie das tut. Ihr ist, als würde etwas sie anleiten, das zu tun.

In diesem Moment fühlt sie ein Kribbeln auf der Zunge. Sie geht ins Bad und streckt die Zunge heraus, sieht nichts Ungewöhnliches, nur ihre Zunge, die schon immer ihre Zunge war, ihr Gesicht, das immer schon ihr Gesicht war, die Falten der Zeit und die Ohren, die sie schon immer etwas gross und ein bisschen abstehend fand, die Augenbrauen so schmal und nicht schön buschig wie bei ihrer Freundin Paula, die zu den Augenbrauen eine Stimme hat wie aus dem Petersdom in Rom. Und Meret blickt sich so an in dem kleinen Bad, in dem gelblichen Licht, und dann bemerkt sie plötzlich, dass ihr völlig gleichgültig ist, wie ihre Augenbrauen aussehen und die Ohren und die Falten im Gesicht. Sie blickt sich an und sieht sich. Das bin ich, ruft sie. Ob dies mit dem Blütenstaub zu tun hat? Sie ruft Paula an, die sich immer über ihre tiefe Stimme und die Augenbrauen beschwert, die, wie sie findet, aussehen wie zwei pelzige Schnecken in ihrem Gesicht. Und Paula geht ans Telefon. Ja?, dröhnt es zu Meret herüber. Paula, du musst kommen, sagt sie, sofort. Und weil Paula Meret liebt und ihrer Stimme angehört hat, dass es dringend ist, und weil sie sowieso immer gerne zu Besuch kommt, gerne redet und zuhört und dazu Kaffee trinkt, kommt Paula sofort.

Sie muss den Finger in die Blume halten und staunt ein bisschen. Meret zeigt ihr das Taschentuch. Und Meret sagt, ich erinnere mich, meine Grossmutter war immer sehr zufrieden mit sich, sie war selbstbewusst, hatte nicht diese Zweifel, die wir haben, du und ich. Was für Zweifel?, fragt Paula, ich habe keine Zweifel. – Und wie findest du deine Stimme? Und wie sagst du immer, du wüsstest zu wenig über den Vatikan Bescheid? Und wie fürchtest du dich immer vor der vollen Strassenbahn, weil du dich nicht traust, die Menschen zu bitten, ihre Tasche vom Sitz zu nehmen, damit du dich setzen kannst, weil du sonst Hüftschmerzen bekommst? Und wie du dich ärgerst, wenn du in der Diskussionsrunde vom Seniorentreff wieder mal deinen Beitrag nicht einbringen konntest, weil du zu lange darüber nachgedacht hast, ob er gescheit genug ist, und wenn du dich dann entschliesst und denkst, all das andere, was da beigetragen wurde, war überhaupt nicht gescheiter, ist das Thema schon lange vorbei. Paula zögert. Ok, sagt sie und führt den Finger zum Mund. Und danach schaut sie ihr Gesicht im Spiegel an und freut sich sehr. Ich bin vollkommen zufrieden mit mir, aber, ehrlich gesagt, ist es auch einfach nicht so wichtig, wie ich aussehe, oder? Schnecken hin oder her. Sind halt Haare über den Augen, weiter nichts. Meret lacht, und Paula ist schon am Telefon, ruft Karl an, dem sie schon lange mal ihre Meinung sagen wollte. Und sie liebt ihre Stimme, als sie ihm sagt, er solle sie ab jetzt gefälligst ausreden lassen, sie hasse es, unterbrochen zu werden. Ich liebe meine Vatikanstimme, sagt sie noch, und Karl sagt, ja sicher, ja klar. Paula legt auf und umarmt Meret. Und

Meret schaut auf ihr Taschentuch. Das Taschentuch ihrer Grossmutter, und sie geht zum Fluss, aber keine weitere Blume ist dort auffindbar. Sie pflanzt die Blume in einen grösseren Topf und pflegt sie gut. Und im nächsten Jahr sind es schon sieben Blumen, und im folgenden sind es hundert. Und einige Jahre später hat Meret ein ganzes Feld voller feiner rosaroter Blumen.

JOHANN PETER HEBEL

Unglück der Stadt Leiden

Diese Stadt heisst schon seit undenklichen Zeiten *Leiden*, und hat noch nie gewusst, warum, bis am 12. Jän. des Jahrs 1807. Sie liegt am Rhein in dem Königreich Holland, und hatte vor diesem Tag eilftausend Häuser, welche von 40'000 Menschen bewohnt waren, und war nach Amsterdam wohl die grösste Stadt im ganzen Königreich. Man stand an diesem Morgen noch auf, wie alle Tage; der Eine betete sein: «Das walt Gott», der Andere liess es sein, und niemand dachte daran, wie es am Abend aussehen wird, obgleich ein Schiff mit siebenzig Fässern voll Pulver in der Stadt war. Man ass zu Mittag, und liess sich's schmecken, wie alle Tage, obgleich das Schiff noch immer da war. Aber als Nachmittags der Zeiger auf dem grossen Thurn auf halb fünf stand – fleissige Leute sassen daheim und arbeiteten, fromme Mütter wiegten ihre Kleinen, Kaufleute gingen ihren Geschäften nach, Kinder waren beisammen in der Abend-Schule, müssige Leute hatten lange Weile und sassen im Wirtshaus beim Kartenspiel und Weinkrug, ein Bekümmerter sorgte für den andern Morgen, was er essen, was er trinken, womit er sich kleiden werde, und ein Dieb steckte vielleicht gerade einen falschen Schlüssel in eine fremde Türe – und plötzlich geschah ein Knall. Das Schiff mit seinen 70 Fässern Pulver bekam Feuer, sprang in die Luft, und in einem Augenblick (ihr könnt's nicht so geschwind lesen, als es geschah), in einem Augenblick waren ganze lange Gassen voll Häuser mit allem was darin wohnte und lebte, zerschmettert und in einen Steinhaufen zusammengestürzt oder entsetzlich beschädigt. Viele hundert Menschen wurden lebendig und tot unter diesen Trümmern begraben oder schwer verwundet. Drei Schulhäuser gingen mit allen Kindern, die darin waren, zu Grunde, Menschen und Tiere, welche in der Nähe des Unglücks auf der Strasse waren, wurden von der Gewalt des Pulvers in die Luft geschleudert und kamen in einem kläglichen Zustand wieder auf die Erde. Zum Unglück brach auch noch eine Feuersbrunst aus, die bald an allen Orten wütete, und konnte fast nimmer gelöscht werden, weil viele Vorratshäuser voll Öl und Tran mit ergriffen wurden. Achthundert der schönsten Häuser stürzten ein oder mussten niedergerissen werden. Da sah man denn auch, wie es am Abend leicht anders werden kann, als es am frühen Morgen war, nicht nur mit einem schwachen Menschen, sondern auch mit einer grossen und volkreichen Stadt. Der König von Holland setzte sogleich ein namhaftes Geschenk auf jeden Menschen, der noch lebendig gerettet werden konnte. Auch die Toten, die aus dem Schutt hervorgegraben wurden, wurden auf das Rathaus gebracht, damit sie von den Ihrigen zu einem ehrlichen Begräbnis konnten abgeholt werden. Viele Hülfe wurde geleistet. Obgleich Krieg zwischen England und Holland ist, so kamen doch von London ganze Schiffe voll Hülfsmittel und grosse Geldsummen für die Unglücklichen, und das ist schön – denn der Krieg soll nie ins Herz der Menschen kommen. Es ist schlimm genug, wenn er aussen vor allen Toren und vor allen Seehäfen donnert.

THOMAS WEISS

Im Herzen der Menschen

Manchmal musste er fliehen. An den Tagen, die kaum zu ertragen waren: Dann brachen die Erinnerungen auf wie alte, nie verheilte Wunden, über die sich nur ein dürftiger Schorf gelegt hatte. Deren Schmerz er wohl zeitweilig aushalten konnte. Der aber doch fortbrannte. Immer wieder einmal, plötzlich, ohne Warnung, flammte er auf. Und Siegfried floh. Oder: Wollte fliehen. Er kam nicht weit. Bloss in den Flur, auf dem er sein Zimmer hatte, dritte Türe links, kurz vor dem Erker, vor der Sitzgruppe, die keiner benutzte, Einzelzimmer. Das war damals noch etwas Besonderes, hatte nicht jeder. Was der Flur nicht hatte, war ein Ausweg.

Dort, wo eigentlich eine Tür hätte sein müssen, war eine Bank auf die Wand gemalt. Eine dunkle, wie aus Brettern gezimmert. Dreisitzig. Eine Ruhebank, gemütlich sollte sie erscheinen. Umgeben von Weinranken, immer voller Reben. Und um die Bank herum blühende Wicken und Ringelblumen, auch winters, auch im Frühjahr. Siegfried ahnte, dass da etwas nicht stimmte. Daheim, im Garten, damals, hatten die Ringelblumen ihre Zeit.

Aber was wusste er schon. So vieles hatte er vergessen. Sich selbst mitunter. Floh er, dann scheiterte er an den verschlossenen Fenstern. Oder vor dieser recht kunstvoll bemalten Wand. Stand er davor, wusste er nicht weiter. Dabei – da war er sich sicher, so sicher er sich sein konnte, lange schon vertraute er sich und seinen Erinnerungen nicht mehr – war er vor etlicher Zeit, vor Monaten oder Jahren, durch diese Wand auf diesen Flur gekommen. Damals war eine Tür, eine doppelte sogar, in der Wand gewesen. Durch die ein überaus freundlicher Herr, dessen Namen er nicht mehr wusste, ihn geführt hatte. Zusammen mit Siegfrieds Frau.

Kathrin. So hiess sie. Meinte er sich zu erinnern. Die Frau, die am Abend wieder ging. Die er mochte, glaubte er. Und die er seither nicht wieder gesehen hat.

Fliehen musste er vor dem Lärm. Vor den Schatten. Vor grellen Stimmen und lautem Geschrei. Vor Menschen, die er nicht kannte, in Uniformen, die er nie gesehen hatte. Menschen, die er nicht verstand. Die sich aufführten, als gehöre ihnen, was seine Mutter «Des isch meins!» nannte: das Fahrrad, der Mantel, Strasse und Dorf. Menschen, die unfreundlich waren. Und voller Wut. Einer Wut, die kaum gezähmt war. Und die hinter jedem Wort, das sie raunzten, hervorschaute mit einem bösen Blick.

Siegfried lebte damals, als Kind, in einem Dorf unweit des Rheins. Steinhausen. Kaum der Rede wert. Von den «Kriegswirren» – so nannten es die Leute, der Bürgermeister, der Herr Pfarrer, der Lehrer – war der Ort weitestgehend verschont geblieben. Einmal war Steinhausen beschossen worden. Vom anderen Rheinufer aus. Eine alte Frau, die stumme Schmidlin, wurde schwer verletzt und starb bald darauf. Ein Junge hinkte seither. Drei Kühe und eine Ziege, ein Schwein verendeten. Zwei Häuser brannten ab. Zuerst hörte Siegfried das Schwein – ihre Sau, die die Mutter gehalten hatte und deren Duft Siegfried liebte – noch schreien. Das Tier klagte durch das ganze Dorf, später roch es scharf nach Brand und geröstetem Speck.

Von der Geschichte, die nur hinter vorgehaltener Hand erzählt wurde, erfuhr Siegfried irgendwann: Die Gestapo hatte in der Umgebung zwölf Franzosen «aus'm Widerstand» erschossen. Die Mutter habe mit dem Finger auf sie gezeigt, hiess es. «Verbrecher, alle, die Franzose!», schrie sie, als sie in den nassen Wald geführt wurden. Er selbst hatte es nicht gehört, aber er konnte sich ihre überschlagende, schneidende Stimme, mit der sie bisweilen schrie, vorstellen. Da war er noch klein. Neun Jahre alt.

Eins der Häuser, die beim Beschuss getroffen wurden, war das seiner Familie. Plötzlich waren sie obdachlos, er mit der Mutter und den zwei jüngeren Schwestern. Den Vater kannte er nicht. Der war «im Krieg gebliebe». Sie mussten erst in eine Scheune ziehen, vorübergehend. Dann kamen sie bei einem Onkel unter. Der sie nicht mochte. Und sie ihn auch nicht. Aber was half's?

Von der Mutter lernte er: Hass. Angst. Und Verstecken. Oder Fliehen. Wenn möglich. Als die fremden Männer mit ihrer fremden Sprache kamen, wich die Mutter ihnen aus, so gut es ging. Die Kinder an der Hand. Von einem Haus zum anderen. In den Auwald. In den ewig feuchten Goldkanal. Fort, immer nur fort. Von den Fremden und von ihrer Sprache.

Als Siegfried älter wurde, siedelten sich die Männer mit ihren Familien in der Kreisstadt an. Da gab es Kasernen. Militärverwaltung. Bald gehörten sie zum Stadtbild. Abends und an den Wochenenden gingen sie am Rhein spazieren. Manche fuhren mit der Fähre hinüber in ihr Land. Das Siegfried mied. So wie er auch sie mied. «Mit denne hab ich nix zu tun!»

Eigentlich lehnte er sie gar nicht ab. Er kannte sie ja nicht. Aber er fürchtete sie. Weil er die Bilder nicht aus dem Gedächtnis bekam: das brennende Haus, den Lärm des Feuers, Mutters panischen Blick, das Verstummen der Schwestern. Und ihre Sprache, mit der Befehle gebellt wurden, mit der sie durch die Türen traten, als seien sie hier zu Haus. Ohne zu grüssen. Mit ihrer Wut.

Einmal schlug ein Unbeherrschter die Mutter, so dass sie stürzte. Eine Platzwunde auf der Stirn davontrug. Er hatte sie angerempelt, als sie ins Wirtshaus wollte. Bestimmt ohne Absicht. Doch sie hatte ihn angefaucht: «Hau ab, Franzos! Du g'hörsch net hier her!» Er brüllte sie an: «Tais-toi, putain de pute allemande!» Schlug zu. Vielleicht hätte er sie verprügelt, übel zugerichtet, wenn ihn die Kameraden nicht zurückgehalten hätten. Ein Offizier kam schliesslich dazu und schickte ihn fort. Würdigte die Mutter aber keines Blickes. Keiner half ihr auf. Keiner kümmerte sich um die Wunde. Um die erschrockenen Kinder schon gar nicht. Siegfried verstand nicht, was der Soldat gerufen hatte. Aber im Herzen hatte er fortan nicht nur eine kalte Furcht. Auch einen beissenden, eisigen Hass. Wer so mit der Mutter verfuhr, der hatte nichts anderes verdient.

Wirklich fliehen konnte er damals nicht. Konnte er nie. Er blieb in Steinhausen. Lernte sein Handwerk. Wurde Bäcker. Stand früh auf. Genoss die Hitze bei den Öfen. Legte sich gegen Mittag zur Ruhe. War, was er gern war: allein. Fand Frau und Familie. Sang in der Rhenania, im Männerchor, und las in der Kirche. Nicht aus Frömmigkeit, sondern weil er sich der Tradition seines Ortes, seiner Kirche bewusst war. «Der Mensch braucht halt 'en Glaube.» Er lebte seine Tage. Fast unbeachtet, einer von vielen. Im Dorf gelitten. Er gehörte dazu.

Und betrat das Elsass nie, reiste nie nach Frankreich, in die Berge, ins Mittelland oder ans Meer. Wenn im Fernsehen von Frankreich berichtet wurde, wechselte er das Programm. Als die Söhne, die es besser haben sollten als er, in der Schule Französisch lernen wollten, bestand er auf Englischunterricht. Obwohl er sich sonst nie um die Angelegenheiten der Familie scherte.

Am Ende des Jahrhunderts zog das französische Militär ab. Siegfried atmete auf. Aber da war er schon über sechzig. Und hatte nie verlernt, sich zu fürchten. Mochte immer noch fliehen. Hatte er zuerst nicht gewusst, wohin, so wusste er bald nicht mehr, wovor.

Siegfried fand die Ruhe, die er brauchte. Im Pflegeheim mochten sie ihn. Ein Stiller, der kaum Mühe machte. Ein Freundlicher, der gern aus dem Fenster schaute. In die Schwarzwaldhügel hinein, die sich hier breiteten wie eine sanfte Schweizer Landschaft.

Hier im Heim war es üblich, am Vormittag Radioprogramme über den Flur schallen zu lassen. Immer Lokales. Nachrichten aus der Region. Schlager und Volksmusik. Siegfried war es recht. Nur wenn ein französisches Chanson gespielt wurde, wenn Edith Piaf sang oder Gilbert Bécaud, ergriff er die Flucht. Panisch. Manchmal schrie er: «Uffhöre, hör uff mit dem Lärm!» Dann drehten die Pflegenden das Radio ab, jedenfalls leiser, bis das Lied zu Ende war. Siegfried aber eilte zu seinem Zimmer, mühsam, am Rollator. Und wer ihm im Weg stand, wurde verscheucht oder angefahren. Da konnte er unwirsch sein.

Siegfried galt als leicht wunderlich. Unter seinen Mitbewohnerinnen und bei den Pflegenden und Ärztinnen. Aber dennoch gut zu haben. Gibt's halt, die Alten, die ihr Kriegstrauma nie bewältigt haben. Hat nicht mehr alle Tassen im Schrank. Ist nicht mehr ganz beieinander im Oberstübchen. Hat seine Launen. Vergisst. Hat vergessen. Aber sonst ist er erträglich.

So lebte Siegfried vor sich hin. Wurde immer weniger. War allein. Wartete auf niemanden und nichts.

Bis Etienne kam. Ein junger Pfleger. Berufsanfänger. Stammte aus dem Elsass. Er gehorchte seinem Vater nicht, der wollte, dass er «bim Daimler schafft». Etienne wollte etwas «mit Minsche mache». Und machte es gut. Wurde gelobt. Fand eine Anstellung hier auf dem Berg. Wo sie ohnehin immer Leute suchten. Die für immer noch zu wenig Salär Einsatz zeigten. Gleich in seiner ersten Arbeitswoche lernte Etienne Siegfried kennen. Der hiess ihn willkommen. Immerhin: ein Kerl.

Nur ein wenig verwundert war er. Seltsamer junger Mann. Ein so dunkler Teint, schwarze Haare. Und er sprach manche Worte mit fremdem Akzent aus: «S-trassburg, Sufflen'aim, salü bisamme!» Erst als Etienne die Lieder mitpfiff, die Siegfried fliehen machten: «Non, je ne regrette rien»; «L'important, c'est la rose», begriff er: «Des isch en Franzos!» Alle Erinnerungen, alle Angst und aller Hass brachen wieder auf. Er musste fort; er musste fort von hier.

Zuerst versteckte sich Siegfried, wenn er Etienne sah. Im kleinen, gelben und schlecht beleuchteten Bad. In dem sie als erstes nachschauten. In der Gemeinschaftsküche. Die jeder betreten konnte. Wo er nie wirklich sicher war. Wenn es Etienne war, der ihn – leicht, viel zu leicht, aber der Flur hatte keine Tür mehr – aufspürte, brüllte der aber nicht. Schlug nicht nach ihm. Sprach mit fremder, runder Melodie, aber ruhig. Freundlich. Etienne schimpfte nicht. Ob Siegfried vor ihm vielleicht doch nicht fliehen musste?

Aber Siegfried dachte nicht darüber nach. Er konnte ohnehin keinen ganzen Gedanken mehr fassen. Etwas veränderte sich. Kaum merklich. Manchmal wollte er fliehen. Manchmal ertrug er die beängstigenden Lieder im Flur. Manchmal duldete er die fremde Stimme. Mit der Zeit nicht ungern. Sie wurde ihm vertraut. Und Etienne war der, der ihn wusch, der ihm in die Kleider half, vor dem er sich nicht so schämte wie vor den Frauen. Und wenn ihm Etienne abends das Essen auf das Zimmer brachte und ihm «Bon appétit!» wünschte, mochte er das fast.

Bald konnte Siegfried nicht mehr aufstehen. Die Beine machten nicht mehr mit. Und der Atem wurde kurz. An Flucht war nicht mehr zu denken. Siegfried spürte – ohne es benennen zu können –, wie das Herz schwächer wurde. Wie das Luftholen immer mehr Mühe machte. Schon lange hatte er keinen Hunger mehr. Schliesslich verweigerte er die Mahlzeiten ganz. Mochte auch nichts mehr trinken.

Erinnerte er sich noch an etwas, dann waren es nur die Bilder seiner Kindheit. Der Kanonendonner von jenseits des Rheins. Das Haus. Lichterloh in Flammen. Die raue Mutter. Der brüllende Soldat. Siegfried sprach kein Wort mehr. Oft lag er zitternd in seinem Bett. Mit versiegender Kraft. Als wäre sein Zittern ein letzter Versuch zu entkommen. Wie immer: ein vergeblicher.

Dann kam die Nacht, da er gehen sollte. Diesmal war es keine Flucht. Er brach einfach auf. Etienne, der Nachtdienst hatte, wusste, dass er nun zu jeder Stunde einmal nach Siegfried sehen musste. Das war kein Kinderspiel. Er hatte zweiunddreissig alte Menschen zu betreuen. Das würde eine unruhige und anstrengende Nacht werden. Aber es war nicht die erste und würde nicht die letzte sein.

Tatsächlich gelang es ihm, mehrmals für einige Minuten neben Siegfrieds Bett zu sitzen. Auf dem alten Sessel, der wohl seit Jahrzehnten in diesem Zimmer stand. Der war durchgesessen, ungemütlich, zu niedrig. Beim dritten oder vierten Mal, da er nach Siegfried sah, nahm Etienne seine kühle, schmale Hand. Voller Falten und Flecken. In der kaum noch Leben war. Siegfried liess es zu. Wehrte sich nicht. Er, der Berührung nie hatte ertragen können. Doch wenn Etienne seine rechte Hand unter Siegfrieds legte und die linke sanft obenauf, dann schien der alte, wunderliche Mann ruhiger zu atmen.

Es war nach Mitternacht, ging auf den Morgen zu. Da öffnete Siegfried – mühsam – noch einmal die Augen. Mit der letzten Kraft, die er noch aufbringen konnte, blickte er Etienne an. Und flüsterte, kaum hörbar – doch Etienne war sehr aufmerksam –: «Au revoir ...»

Neigte den Kopf zur Seite und schloss kraftlos die Lider.

Etienne verharrte noch ein paar Minuten. Liess ihn ruhen. Der eine stirbt lieber allein, die andere braucht Vertraute um sich her. Das wusste Etienne. So stand er auf und verliess das Zimmer. Schloss leise die Tür. Anderswo hatte jemand geläutet. Als er nach einer kleinen Zeit wieder ins Zimmer schaute, atmete Siegfried nicht mehr. Etienne öffnete das Fenster. Schaute in eine kalte Nacht hinaus. Der Himmel war fast ohne Sterne.

JEAN WILLI
«Einmal ist keinmal»

Gedankenverloren stand Hebel am Fenster seiner Schreibstube und sah dem Schneetreiben zu. Die Manschetten, die er beim Schreiben anzuziehen pflegte, lagen auf dem Fensterbrett neben dem Bleistift und einem Merkbüchlein. Der Schnee blieb seit einigen Stunden auf dem Kopfsteinpflaster des menschenleeren Marktplatzes und den ihn überschauenden Ziegeldächern liegen; wie ein Vorhang taumelten die Flocken vor Hebels Fenster in die Tiefe. Ein bleiches Licht fiel dabei ins Zimmer. Das langsame Ticken der Standuhr und ein leises Schaben, wenn der Vatermörder sein unrasiertes Kinn streifte, waren alles, was er wahrnahm. Er ging ein paar Schritte auf und ab, um alsdann ans Fenster zurückzukehren. Es war kalt im Zimmer, obschon der Kalfaktor bereits frühmorgens das Feuer im Ofen angeschürt hatte. Hebel spürte die Kälte nicht wirklich, jedenfalls nicht bewusst. Seine Gedanken waren woanders. Seit er aufgestanden war, verfolgten ihn die Schnipsel eines Traums, in dem es um eine Redewendung ging, die ihn seither umtrieb. Er erinnerte sich, dass die im Traum erschienene Redensart tags zuvor von einem seiner Schüler als faule Ausrede für das Schwänzen des Unterrichts benutzt worden war. Die Öllampe auf dem Schreibtisch blakte, da die Fenster nicht dicht schlossen; hin und wieder fuhr ein eisiger Hauch durchs ohnehin schon kalte Zimmer. Hebel führte manchmal Selbstgespräche, wenn er sich mit einem Problem herumschlug, so auch jetzt. Exempli causa:

«Was haben wir da?», fragte er sich und gab sich die Antwort gleich selbst: «*Einmal ist keinmal*, drei Worte, die etwas ausdrücken, was alles andere als logisch scheint. Denn wann – und darum geht es –, wann genau soll einmal keinmal sein?»

Hebel starrte die dunkle Täfelung seiner Stube an, als könnte die Antwort wie im *Buche Daniel* an der Wand erscheinen. «Ein Menetekel ...», entfuhr es ihm. «Wenn ein Junge an einem Tag – an einem einzigen Tag im Monat, wohlverstanden – die Flötenschule nicht besucht, dann hat er sie einmal nicht besucht ... Soviel scheint klar, ist aber noch lange kein Beweis dafür, dass die vermaledeite Redensart auch anders gelesen werden kann, als man sie gemeinhin versteht ...» Hebel nahm den Bleistift vom Fensterbrett und schrieb das Wort *Flöte* ins Merkbüchlein. Der Schnee fiel jetzt dichter. «Nehmen wir ein anderes Beispiel ... dieses Jahr hat er keinmal gefehlt ... so weit, so gut ... in all den vorhergegangenen Jahren dagegen immer mal wieder ... Oje, so geht es auch nicht. Was wäre, wenn es überhaupt nicht ginge, dem Spruch eine andere Bedeutung zu geben? ... Hmm, *gerade das will ich ja beweisen*. Mein Empfinden für Gerechtigkeit verlangt, dass die Gegenprobe gemacht wird, bevor ein Text im *Schatzkästlein* publiziert wird ... Die elende Floskel raubt mir noch den Verstand.»

Hebel griff nach seinen Manschetten, streifte sie über, rieb sich die kalten Hände und stellte sich für einen Moment an den Ofen. Er hatte einen Entschluss gefasst und bereitete sich innerlich darauf vor, seine Gedanken zu Papier zu bringen. Mit Bedacht setzte er sich an den Schreibtisch. Da stand das Tintenfass mit der Gallustinte, daneben der Schreibkasten, in dem er die Gänsekiele aufbewahrte, ausserdem das zum Anspitzen benötigte Federmesser und das Gefäss aus Porzellan für den Löschsand. Er zog ein Blatt Papier aus der oberen rechten Schublade und legte es vor sich auf den Tisch. Dann entnahm er dem mit Ornamenten bemalten Schreibkasten eine der Schwungfedern und zögerte. Er war aufgewühlt, sein Puls pochte, und dies nicht nur, weil er eine Redewendung, die beim Volk gang und gäbe war, nicht akzeptieren wollte. Nein, er verabscheute sie geradezu und erwog einige Atemzüge lang, wie seine Abneigung zu formulieren wäre, damit der Leser klar und deutlich nachvollziehen könne, was er davon hielt. Dann tunkte er die Feder ein, sandte ein Stossgebet gen Himmel und setzte mit kratzender Feder zum Schreiben an:

Nützliche Lehren

Einmal ist keinmal. Dies ist das verlogenste und schlimmste unter allen Sprichwörtern, und wer es gemacht hat, der war ein schlechter Rechnungsmeister oder ein boshafter. *Einmal* ist wenigstens *einmal*, und daran lässt sich nichts abmarkten. Wer *einmal* gestohlen hat, der kann sein Lebenlang nimmer mit Wahrheit und mit frohem Herzen sagen: Gottlob! Ich habe mich nie an fremdem Gut vergriffen; und wenn der Dieb erhascht und gehenkt wird, alsdann ist Einmal nicht Keinmal. Aber das ist noch nicht alles, sondern man kann meistens mit Wahrheit sagen: *Einmal ist zehnmal und hundert- und tausendmal.* Denn wer das Böse Einmal angefangen hat, der setzt es gemeiniglich auch fort. Wer A gesagt hat, der sagt auch gern B, und alsdann tritt zuletzt ein anderes Sprichwort ein, *dass der Krug so lange zum Brunnen gehe, bis er bricht.*

JOHANN PETER HEBEL

Böser Markt

In der grossen Stadt London und rings um sie her gibt es ausserordentlich viel gute Narren, die an anderer Leute Geld oder Sackuhren oder kostbaren Fingerringen eine kindische Freude haben, und nicht ruhen, bis sie dieselben haben. Dies bringen sie zuweg manchmal durch List und Betrug, noch öfter durch kühnen Angriff, manchmal am hellen lichten Tag und an der offenen Landstrasse. Einem geratet es, dem andern nicht. Der Kerkermeister zu London und der Scharfrichter wissen davon zu erzählen. Eine seltsame Geschichte begegnete aber eines Tags einem vornehmen und reichen Mann. Der König und viele andere grosse Herren und Frauen waren an einem schönen Sommertage in einem grossen königlichen Garten versammelt, dessen lange gewundene Gänge sich in der Ferne in einen Wald verloren. Viele andere Personen waren auch zugegen, denen es nicht auf einen Gang und auf ein paar Stunden ankam, ihren geliebten König und seine Familie froh und glücklich zu sehen. Man ass und trank; man spielte und tanzte; man ging spazieren in den schönen Gängen und zwischen dem duftenden Rosengebüsch paarweise und allein, wie es sich traf. Da stellte sich ein Mensch, wohl gekleidet, als wenn er auch dazu gehörte, mit einer Pistole unter dem Rock, in einer abgelegenen Gegend an einen Baum, wo der Garten an den Wald grenzt, dachte, es wird schon jemand kommen. Wie gesagt, so geschehen, kommt ein Herr mit funkelndem Fingerring, mit klingenden Uhrenketten, mit diamantnen Schnallen, mit breitem Ordensband und goldnem Stern, will spazieren gehn im kühlen Schatten, und denkt an nichts. Indem er an nichts denkt, kommt der Geselle hinter dem Baum hervor, macht dem guten Herrn ein bescheidenes Kompliment, zieht die Pistole zwischen dem Rock und Kamisol heraus, richtet ihr Maul auf des Herrn Brust, und bittet ihn höflich, keinen Lärm zu machen, es brauche niemand zu wissen, was sie mit einander zu reden haben. Man muss übel dran sein, wenn man vor einer Pistole steht, weil man nicht weiss, was drin steckt. Der Herr lachte vernünftig: «Der Leib ist kostbarer als das Geld; lieber den Ring verloren, als den Finger»; und versprach zu schweigen. Gnädiger Herr, fuhr jetzt der Geselle fort: «Wären Euch Eure zwei goldenen Uhren nicht feil für gute Bezahlung? Unser Schulmeister richtet die Uhr alle Tage anderst, man weiss nie wie man dran ist, und an der Sonnenuhr sind die Zahlen verwischt.» Will der reiche Herr wohl oder übel, so muss er dem Halunken die Uhren verkaufen für ein paar Stüber oder etwas, so man kaum ein Schöpplein dafür kann trinken. Und so handelt ihm der Spitzbube Ring und Schnallen und Ordensstern und das goldene Herz, so er vorne auf der Brust im Hemd hatte, Stück für Stück ab um schlechtes Geld, und immer mit der Pistole in der linken Hand. Als endlich der Herr dachte: «Jetzt bin ich absolviert, Gottlob!», fing der Spitzbube von neuem an: «Gnädiger Herr, weil wir so gut miteinander zurecht kommen, wolltet Ihr mir nicht auch von meinen Waren etwas abhandeln?» Der Herr denkt an das Sprichwort, dass man müsse zu einem bösen Markt ein gutes Gesicht machen, und sagt: «Lasst sehen!» Da zog der Bursche allerlei Kleinigkeiten aus der Tasche hervor, so er vom Zweibatzen-Krämer gekauft, oder auch schon auf einer ungewischten Bank gefunden hatte, und der gute Herr musste ihm alles abkaufen, Stück für Stück um teures Geld. Als endlich der Spitzbube nichts mehr als die Pistole übrig hatte, und sah, dass der Herr noch ein paar schöne Dublonen in dem grünen seidenen Geldbeutel hatte, sprach er noch:

«Gnädiger Herr, wolltet Ihr mir für den Rest, den Ihr da in den Händen habt, nicht die Pistole abkaufen? Sie ist vom besten Büchsenschmied in London, und zwei Dublonen unter Brüdern wert.» Der Herr dachte in der Überraschung: «Du dummer Dieb!» und kauft die Pistole. Als er aber die Pistole gekauft hatte, kehrte er den Stiel um, und sprach: «Nun halt, sauberer Geselle, und geh augenblicklich voraus, wohin ich dich heissen werde, oder ich schiesse dich auf der Stelle tot.» Der Spitzbube aber nahm einen Sprung in den Wald, und sagte: «Schiesst herzhaft los, gnädiger Herr, sie ist nicht geladen.» Der Herr drückte ab, und es ging wirklich nicht los. Er liess den Ladstock in den Lauf fallen, und es war kein Körnlein Pulver darin. Der Dieb aber war unterdessen schon tief im Wald; und der vornehme Engländer ging schamrot zurück, dass er sich also habe in Schrecken setzen lassen, und dachte an Vieles.

MARTIN ZINGG

Böser Markt

Du nimmst das Gerät in die Hand, eher selbstvergessen als mit Bedacht, beiläufig also, um diese Zeit kommen öfter mal Anrufe. Das ist nun der nächste. Es könnte ein Freund sein, der anruft, die Schwägerin, oder eine Umfrage, also Marktforschung, vielleicht ist es ein Fehlanruf. Deinen Namen nennst du nicht, du willst ja vorsichtig sein, gewitzt, aber die Person am anderen Ende der Leitung, die eine digitale Verbindung ist, kennt ihn längst. Hier kommt ein Geschenk, sagt die Stimme, ein unglaublich günstiges Angebot. Und ein Willkommenspaket. Den Satz spricht die Person vermutlich alle paar Minuten in ihr Gerät, und das grossartige Abonnement, sagt sie auch gleich, bedeutet ein besseres Leben, ein noch schöneres Leben, ein günstigeres Leben. Danach gibt die Person – du hättest schon lange auflegen sollen, den Knopf drücken, mit einer Fingerspitze alles wegwischen –, aber nun zählt sie die Details auf, günstiger fernsehen, günstiger telefonieren, weniger bezahlen, länger sparen, schöner zuschauen, einfacher mailen, schneller surfen, bitte, du hast Glück, ganz einfach, wenigstens jetzt, hier, du wirst es schon bald noch schöner haben, *Easy Living*. Gleich sind wir so weit, sagt die Stimme. Und du wirst dieses Glücksgefühl behüten, ja, bewachen müssen, eifersüchtig vielleicht, sorgfältig auf jeden Fall. Diese besondere Art von Glück verlangt Pflege. Gleich sind wir so weit, und du hörst ein weiches Seufzen am anderen Ende, du ahnst, nun werden dich Fangarme umschlingen, eine mit feuchter Gefrässigkeit durchsetzte Stimme, sie wird dich einsinken lassen in den Treibsand vager Versprechungen. Weil du öfters *ja* sagst, nur *ja*, als hättest du auf dem Weg zum Glück keine andere Wahl, als ausgerechnet dieser

Stimme zu folgen und immerfort *ja* zu sagen. Aber vielleicht schwant dir, dass du tatsächlich keine Wahl hast, gleich sind wir so weit.

Das Abo wird gelten, weil du immer *ja* sagst, *ja* zum Kleingedruckten, das unsichtbar ist und unhörbar. Und nun wird dir die Stimme noch ein weiteres Angebot machen, ein Abonnement für die wöchentliche Reinigung der Waschmaschine. Du musst dich verhört haben, du wirst *nein* sagen, du willst keine Waschmaschine mit Service. Kein *Easy Washing*. Schon holt die Stimme wieder aus, du hörst ein Quetschgeräusch, aber du willst kein Abo für wöchentliche Grillreinigung. Kein *Easy Cleaning*. Doch nun preist die Stimme eine Versicherung an, etwas gegen Verträge, die am Telefon geschlossen werden. Der beste Schutz gegen diese lästigen Überfälle, sagt die Stimme, mit Garantie, ein Schutz gegen diese übergriffigen Personen, die plötzlich am Apparat sind, den man ahnungslos und unbeschwert in die Hand genommen hat, und die einem ungefragt das Blaue vom Himmel versprechen, *out of the blue*. Wer diese Versicherung abgeschlossen hat, sagt die Stimme, wählt nach telefonischem Überfall und voreiliger Zustimmung umgehend die rettende Nummer, drückt auf Taste drei, dann auf Taste sieben, und die Versicherung übernimmt das Löschen des Vertrags. Es genügt, *ja* zu sagen, besonders schwer ist das nicht, und du könntest nun gleich allem zustimmen, dem grossartigen Abonnement für besseres Fernsehen Mailen Streamen Surfen, der Waschmaschinen- und der Grillreinigung *und* dem Vertrag, der solche Verträge sofort revoziert und für null und nichtig erklärt. Der Betrag, den du der fernen Stimme dann auch dafür schuldest, wird dir gleich abgezogen von deinem Konto, selbst diese Mühe wird dir erspart. Gleich sind wir so weit. Du bezahlst jene, die dir einen Vertrag aufgeschwatzt haben, aufgrund eines anderen Vertrags dafür, dass sie den eben mit dir abgeschlossenen Vertrag wieder rückgängig machen, annullieren, in eine tiefe Gletscherspalte schieben. War er denn je abgeschlossen, der Vertrag? Gilt er nun nicht mehr? Angeblich, überprüfen kannst du das nicht. Du wirst es ablesen an deinem Konto, denn auf diesem bleibt immer so viel, wie die Firma dir gelassen hat.

ANDREAS LANG

Nachwort

Besonders viele Jahre sind nicht verstrichen, seit der Name Johann Peter Hebel einem durchschnittlichen Schulkind fast so geläufig war wie derjenige irgendeines vollmundigen Quizmasters im Schweizer Fernsehen. In welcher Primarschule wäre sie nicht erzählt worden: die Geschichte von der geheimnisvollen Fee und den drei Wünschen? Hebel kannte man von früh auf, in Basel zumal, jener Stadt, in der der spätere Pädagoge, Erzähler und Theologe 1760 geboren wurde. Mit beherztem Stift wurden unzählige Würste an unzählige Nasen gezeichnet – zur Zierde unzähliger Schulhefte –, und nicht selten pilgerte eine Schar von Schülerinnen und Schülern an Hebels Geburtstag zu dessen Denkmal am Petersplatz, um mehr oder weniger ergriffen «Z' Basel an mim Rhi» zu singen.

Heute ist all dies in den Hintergrund getreten. Dafür mag es Gründe geben, wir wollen es nicht kritisieren. Dennoch stellt sich die Frage, wie Hebels unverwechselbare Qualitäten – seine sprachliche Prägnanz, sein Augenzwinkern, seine Offenheit und Warmherzigkeit, seine verbalen Tritte ans Schienbein aller Heuchler, Lügner und Verschwender – weiterhin zu vermitteln sind, um sein Werk lebendig zu erhalten. Dass irgendeine Form der Erinnerungskultur gepflegt werden muss, um das Wertvolle weiterzutragen, ist eine Trivialität. Wie aber lässt sich konkret vorgehen? Wie soll man im Jubiläumsjahr 2026, in dem sich Hebels Tod zum 200. Mal jährt, an diesen Autor erinnern, ohne einem sentimentalen Dichterkult zu verfallen?

Die vorliegende Anthologie ist eine der Antworten, die die Basler Hebelstiftung auf diese Frage gefunden hat. Im Vertrauen auf Hebels zeitlose Raffinesse sollen in unserem

Band dessen eigene Geschichten ihre Wirkung entfalten können – immer unmittelbar gefolgt von einem Beitrag aus unserer heutigen Zeit. Wobei diese Reihenfolge kein Bedeutungsgefälle impliziert; die Begegnung von Alt und Neu ist nicht zwingend eine zwischen «Lehrer» und «Schüler» (wie man früher wohl feierlich erklärt hätte), sondern findet auf Augenhöhe statt. Ja selbst eine kritische Auseinandersetzung mit der Hebelschen Vorlage zählte zu den Möglichkeiten, die den 30 modernen Autorinnen und Autoren unserer Anthologie offenstanden, als sie mit der Niederschrift ihres Auftragswerks begannen. Verbindlich waren einzig die Auswahl einer Kalendergeschichte – namentlich aus Hebels 1811 erschienenem «Schatzkästlein des rheinischen Hausfreundes» – sowie die Abfassung eines neuen Textes, der auf diese Vorlage Bezug nimmt. Das Spektrum an Möglichkeiten war breit: Die Bezugnahme konnte offenkundig oder versteckt sein, der Grundton (genau wie bei Hebel) ernst oder nachdenklich oder heiter; inhaltliche und formale Übernahmen waren gleichermassen denkbar, und ob Hebels jeweilige Lehre eher bekräftigt oder relativiert oder gar widerlegt werden sollte, blieb gemäss unserer Aufgabenstellung ebenfalls offen. In den meisten Fällen lief es auf eine Erzählung hinaus, doch finden sich auch lyrische Beiträge in der aktuellen Sammlung, und dass Hebel zahllose Gedichte auf Alemannisch verfasst hat, erklärt unsere drei Geschichten in schweizerdeutscher und elsässischer Mundart.

Heute also – pünktlich zum Jubiläumsjahr – liegen sämtliche Beiträge vor. Und welcher Text, liebe Leserin, lieber Leser, ist es nun, der Ihnen jeweils besser gefällt? Jener von Hebel oder dessen moderne Verarbeitung? In einer zeitgemässen Erinnerungskultur, so meinen wir, ist diese Frage zulässig. Denn selbst wenn Sie im einen oder anderen Fall das zeitgenössische Echo bevorzugen, fällt Hebel kein Zacken aus der Krone (oder vielleicht doch; aber angesichts der vielen Zacken, die seine Krone aufweist, verkraftet dies Hebel mit jenem Lächeln, das wir von seinem Basler Denkmal her kennen).

Jahrhundertelang galten – anknüpfend an Horaz – das «Nützen» und das «Erfreuen» (prodesse et delectare) als die wesentlichen Zielsetzungen jeglicher Literatur. So auch bei Johann Peter Hebel, der mit der «Kalendergeschichte» ein Genre fand, das sich für beide Zwecke sehr gut eignete. Abgedruckt wurden derlei Texte in periodisch erscheinenden «Volkskalendern», oftmals der einzigen Lektüre einer einfachen ländlichen Bevölkerung (von der Bibel abgesehen). Als Autor und Redaktor liess Hebel nicht nur die Sonn- und Festtage, die Mondphasen und Sternkreiszeichen und allerhand landwirtschaftliche, astronomische und politische Begebenheiten im «Badischen Landkalender» und später in seinem «Rheinländischen Hausfreund» publizieren – ergänzt durch eindrückliche Darstellungen neuester naturwissenschaftlicher Erkenntnisse –, sondern eben auch eine grosse Zahl lehrreicher und mitunter humorvoller Geschichten, deren Motive er teils aus anderen Quellen bezog, aber auch selbst erfand. Der Pädagoge in ihm wollte beides: nützen und erfreuen – wobei er sich keinen Illusionen hinsichtlich einer Verbesserung der Menschheit als solcher hingab: «Das Fortrücken in der Kalender-Jahreszahl macht wohl den Menschen, aber nicht die Menschheit reifer», so Hebel in seinen «Beiträgen zur Religionsphilosophie». Den Einzelnen auf unterhaltsame Weise zu bessern, ohne an die grossen gesellschaftlichen, politischen und ökonomischen – oder gar kosmischen – Zusammenhänge zu rühren, war Hebels Ziel.

Ihnen bleibt es nun überlassen, im Hinblick auf die bunt gemischten Beiträge im vorliegenden Band zu beurteilen, welche Balance sich ergibt zwischen dem «Nützen» und dem «Erfreuen» – zwischen dem Impuls zur Veränderung und der literarisch nobilitierten Unterhaltung –, sei es bei Hebel, sei es bei den zeitgenössischen Autorinnen und Autoren, und wo gegebenenfalls an die gesellschaftlichen oder politischen (oder gar kosmischen …?) Zusammenhänge gerührt wird. Und sollte sich der eine Leser oder die andere Leserin nach der Lektüre unserer Anthologie endlich «bessern» – dann soll uns das freuen!

Gute und schlechte Ideen haben mitunter gemeinsam, dass sie in mehreren Köpfen entstehen, die voneinander gar nichts wissen. Die Gegenüberstellung von Hebel'schen und zeitgenössischen Texten – sie zählt zweifellos zu den guten Ideen – war schon einmal das Ziel eines Publikationsprojekts. Als Ergänzung zur vorliegenden Anthologie sei die 2010 erschienene Textsammlung «Unverhofftes Wiedersehen!»[1] nachdrücklich empfohlen.

Von einem der grossen Bewunderer Johann Peter Hebels, nämlich Goethe, stammt der Satz: «Eine Chronik schreibt nur derjenige, dem die Gegenwart wichtig ist.» Uns ist sie wichtig. Und uns ist klar, dass eine zeitgemässe Erinnerungskultur den Blick nach hinten stets verbinden muss mit dem Blick nach vorne. In unserem Fall ist es der Blick von 30 modernen Autorinnen und Autoren, die sich kraft ihrer Inspiration durch den alemannischen Dichter der heutigen Welt zugewandt haben: einer Welt, die derjenigen, die Hebel kannte, keinesfalls nachsteht an Verwirrtheit und Schwächen und Abgründen – ebenso wenig freilich am Willen zum Guten, an Herzlichkeit, Empathie und echtem menschlichem Zusammenhalt.

Andreas Lang
Basler Hebelstiftung
www.hebelstiftung.ch

[1] Jutta Schloon, Stefanie Stegmann, Szilvia Szarka, Werner Witt (Hrsg.): «Unverhofftes Wiedersehen!» Eine Hommage an Johann Peter Hebel. Tübingen: Klöpfer & Meyer Verlag 2010

Die Autorinnen und Autoren

Dieter Bachmann, geboren 1940 in Basel, Studium in Zürich. Literatur- und Theaterkritik, Redaktor bei «Weltwoche» und «Tages-Anzeiger Magazin»; 1988–1998 Chefredaktor «du» mit erneuertem Konzept. Direktor des Instituto Svizzero di Roma, seit 25 Jahren Azienda Agricola (Olivenbauerndarsteller und Ziereremit) in Umbrien, freier Autor. Romane: «Rab», «Der kürzere Atem», «Grimsels Zeit», «Die Gärten der Medusa»; Erzählungen: «Die Vorzüge der Halbinsel», «Unter Tieren», «Unwiderruflich letzte Vorstellungen»; 2022 «Archipel», Essays und Reportagen in drei Bänden.

Dominik Bernet, geboren 1969 in Basel, wo er Philosophie und Germanistik studierte. Anschliessend Lehr- und Wanderjahre in den USA und der Karibik. 1995 Rückkehr in die Schweiz und Tätigkeiten als Leiter Markenrecherche am Institut für Geistiges Eigentum in Bern sowie als Pressesprecher beim Zürcher Verkehrsverbund ZVV. Seit 2005 freier Schriftsteller mit dem Debutroman «Marmorera» (2006); seit 2007 Drehbuchautor für Fernsehverfilmungen («Hunkeler macht Sachen»), seit 2013 Serienautor («Der Bestatter») und seit 2022 Hörspielautor («Mord im Outlog»). Bernet lebt seit 2020 an der südlichsten Bucht des Bodensees.

Wolfgang Bortlik, geboren 1952 in München, kam mit 13 Jahren in die Schweiz. Er studierte ohne Abschluss in München und Zürich Geschichte und Publizistik. Danach arbeitete er als Buchhändler, Verleger und Autor. Er lebt in Riehen BS. 1998 erschien sein erster Roman «Wurst & Spiele». Seitdem hat er elf Bände Prosa veröffentlicht, davon sechs Krimis mit Melchior Fischer, dem Basler Detektiv wider Willen. Ausserdem verfasste er eine Geschichte des Schweizer Fussballs und war Mitglied der «Schwalbenkönige», einem Fussball-Kabarett. Er wurde mehrmals vom Literaturkredit Basel gefördert und ist in Vereinen und Initiativen zur Förderung der Literatur tätig.

Zora del Buono, geboren 1962 in Zürich, studierte Architektur an der ETH Zürich und der UdK Berlin. Sie arbeitete im Nachwende-Berlin als Bauleiterin, absolvierte in Rosenheim ein Nachdiplomstudium Szenografie und wurde 1995 zur Mitbegründerin der Zeitschrift «mare», deren Kulturredakteurin sie bis 2025 war. 2008 erschien ihr erster Roman «Canitz' Verlangen», dem sieben Romane und Reisebücher folgten. Für ihr letztes Buch «Seinetwegen» erhielt sie 2024 den Schweizer Buchpreis und 2025 den Prix Franz Hessel.

Urs Faes, geboren 1947 in Aarau, wuchs im aargauischen Suhrental auf. Ausbildung im Internat des ehemaligen Klosters Wettingen. Studium der Geschichte, Germanistik und Philosophie an der Universität Zürich, Promotion. Urs Faes begann früh mit der Schreib- und Theaterarbeit, arbeitete fürs Radio, für Zeitungen, Zeitschriften, unterrichtete. Er lebt seit Jahren als freier Schriftsteller in Zürich. Er erhielt zahlreiche Auszeichnungen, darunter zweimal den Schweizerischen Schillerpreis. Die Bücher «Paarbildung» (2010) und «Halt auf Verlangen» (2017) waren auf der Shortlist für den Schweizer Buchpreis.

Romana Ganzoni, geboren 1967 in Scuol, Matura in Ftan, Studium der Geschichte und Germanistik in Zürich, lebt in Celerina und schreibt Erzählungen, Romane, Gedichte, Essays, Kolumnen sowie für das Radio und die Bühne. Zuletzt erschienen sind «Magdalenas Sünde» (Roman, 2021) sowie «Lost in Zambail» (Jugendroman, 2024). 2024 wurden ihre Theaterstücke «Waldstück» und «CirquOpus» aufgeführt. Ganzoni schreibt vor allem in deutscher Sprache, aber auch in zwei bündnerromanischen Idiomen. Sie wurde für den Ingeborg-Bachmann-Preis nominiert und mit dem Bündner Literaturpreis ausgezeichnet.

Heinz D. Heisl, geboren in Innsbruck, aufgewachsen zwischen Hall und Leifers (bei Bozen), zwischen den Eltern und der sizilianischen Nonna. Für seine Wunschausbildung zum Piloten reichten die Finanzmittel nicht, weshalb er sich entschied, Musiker zu werden. Nach kurzer Zeit Abbruch des Studiums. Er spielte Blues und Rock und war in den 1980er-Jahren Mitglied der Münchner Band «Intimspray» (Post Punk, New Wave). Nachdem er sich vorübergehend schriftstellerischen Arbeiten widmete und etliche Bücher veröffentlichte, ist er heute wieder vermehrt als Musiker tätig. Heisl lebt in Wien.

Franz Hohler, geboren 1943 in Biel, aufgewachsen in Olten, Studium der Germanistik und Romanistik in Zürich, nach fünf Semestern abgebrochen, seither freischaffend. Schreibt Erzählungen, Romane, Gedichte, Kabarettprogramme, Lieder, Theaterstücke und Kinderbücher, lebt mit seiner Frau in Zürich. Letzte Buchveröffentlichungen: «Franz Hohler & friends» (2024), «Rheinaufwärts» (Wanderungen, 2023), «Das Jahr, das bis heute andauert» (Gesprächsband, 2023), «Das kleine Wildschwein und die Krähen» (Kinderbuch, 2023).

Zoë Jenny, geboren 1974 in Basel. Sie schreibt Romane und Kinderbücher und wurde unter anderem mit dem aspekte-Literaturpreis des ZDF ausgezeichnet. Ihr Roman «Das Blütenstaubzimmer» wurde in 27 Sprachen übersetzt. Derzeit schreibt sie für die österreichische Zeitung «Die Presse» den Fortsetzungsroman «Wien auf der Couch».

Markus Manfred Jung, geboren 1954 in Zell im Wiesental, studierte Germanistik, Skandinavistik, Philosophie und Sport in Freiburg im Breisgau und Oslo. Gymnasiallehrer und Schriftsteller. 1988 Mitbegründer des Literatur Forums Südwest, Freiburg. 1989 Mitbegründer und seither Organisator der Internationalen Schopfheimer Mund-Art Literatur-Werkstatt. 1995 Mitbegründer und Lektor des Drey-Verlags, Gutach. Seit 2006 Präsident des Internationalen Dialektinstituts (IDI). Vizepräsident des Hebelbundes Lörrach und der Elsassfreunde Basel. Schreibt Lyrik, Prosa, Theaterstücke und Hörspiele in alemannischer Sprache und auf Schriftdeutsch. Letzte Veröffentlichung: «Dies geatmete Licht – Des gschnupfti Liecht», GedichtBildBand mit Bettina Bohn, 2024.

Josef Kleindienst, geboren 1972 in Spittal, Kärnten; Studium der Philosophie an der Universität für angewandte Kunst Wien. Er schreibt Romane, Lyrik und Drehbücher. Für seine schriftstellerischen Arbeiten erhielt er zahlreiche Preise und Auszeichnungen. Sein Roman «Mein Leben als Serienmörder» wurde für den Leo-Perutz-Preis 2022 nominiert, 2025 bekam er das Wiener Arbeitsstipendium für Literatur. Als Deutschlektor arbeitete er u.a. im Jemen, in Indien und Kuwait. Hin und wieder ist er auch als Schauspieler in Spielfilmen zu sehen.

Ariane Koch, geboren 1988 in Basel, studierte u.a. Bildende Kunst und Interdisziplinarität. Sie schreibt Theater-, Performance- und Prosatexte. Für ihren Debütroman «Die Aufdrängung» erhielt sie den aspekte-Literaturpreis des ZDF 2021 und einen der Schweizer Literaturpreise 2022. In der Spielzeit 2022/23 war Ariane Koch Hausautorin am Theater Basel. In diesem Rahmen verfasste sie das Stück «Kranke Hunde», das 2024 für den Literaturpreis «Text & Sprache» nominiert war und als Buchpublikation erschien. Ariane Koch ist Teil des literarisch-wissenschaftlichen SNF-Forschungsprojektes «Autofiktion und Bewusstsein» an der Hochschule der Künste Bern.

Pierre Kretz, geboren 1950 in Sélestat/Schlettstadt (Elsass). Jurastudium in Saarbrücken und Strassburg. Bis zu seinem 50. Geburtstag Rechtsanwalt in Strassburg. Auf Französisch verfasste Kretz Romane, Essays und Theaterstücke. Drei seiner Romane wurden auch ins Deutsche übersetzt. In seiner Muttersprache, dem Alemannischen, schrieb er zunächst Gedichte und Theatertexte, zuletzt auch Prosa. 2024 erhielt er den Johann-Peter-Hebel-Preis.

Tim Krohn, geboren 1965 in Wiedenbrück, wuchs seit 1966 in Glarus auf. Er begann als Saxofonist der Freejazz-Formation «Shasimosa tütü», schrieb Hörspiele, Theaterstücke sowie Romane wie «Quatemberkinder», «Irinas Buch der leichtfertigen Liebe», «Ans Meer», «Vrenelis Gärtli» oder «Die heilige Henni der Hinterhöfe» sowie acht Krimis unter dem Pseudonym Gian Maria Calonder. Krohn verfasst Libretti für die Opern von Fabian Müller und Songs für Martina Linn sowie für sich selbst. 2025 erschienen die CD «Newborn Life» und sein erstes Soloprogramm als Singer-Songwriter «Wes Kind ich bin».

Andreas Lang, geboren 1971 in Basel, Studium der Geschichte und Germanistik, danach rund zehnjährige Lehrtätigkeit am Gymnasium Bäumlihof in Basel sowie Lektoratsarbeit u.a. für den Christoph Merian Verlag. Seit 2009 Verwalter der Allgemeinen Lesegesellschaft am Basler Münsterplatz. Ehrenamtliche Arbeit für diverse karitative, soziale und kulturelle Vereine und Stiftungen (u.a. Widmer-Meyer-Stiftung, Carl Burger Stiftung, Verein Orgelkonzerte im Basler Münster). Seit 2016 engagiert er sich in der Basler Hebelstiftung, deren Vizepräsident er heute ist.

Simone Lappert, geboren 1985, studierte Literarisches Schreiben am Schweizerischen Literaturinstitut Biel/Bienne und lebt als freie Schriftstellerin in Zürich. 2014 erschien ihr Romandebüt «Wurfschatten», das u.a. für den aspekte-Literaturpreis des ZDF nominiert wurde. Ihr zweiter Roman «Der Sprung» (2019) wurde für den Schweizer Buchpreis sowie als Lieblingsbuch des Deutschschweizer Buchhandels nominiert. Für ihren Lyrikband «längst fällige verwilderung – gedichte und gespinste» (2022) erhielt sie eine Literarische Auszeichnung der Stadt Zürich. Simone Lappert ist literarisch und performativ an diversen Kunstprojekten beteiligt, präsidiert das «Internationale Lyrikfestival» Basel und ist Jurymitglied des Basler Lyrikpreises.

Pedro Lenz, geboren 1965 in Langenthal, lebt in Olten. Er machte eine Lehre als Maurer, brach ein Studium der Spanischen Literatur in Bern ab; seit 2001 freier Schriftsteller. Lenz ist Autor von Romanen und Erzählungen, ausgezeichnet u.a. mit dem Schillerpreis für Literatur der deutschen Schweiz für den Roman «Der Goalie bin ig». Als Bühnenperformer tritt er solo oder mit Musikern auf.

Charles Lewinsky, geboren 1946 in Zürich, studierte Germanistik und Theaterwissenschaft und arbeitete an verschiedenen deutschen Bühnen als Dramaturg und Regisseur. 1975 kam er als Redaktor zum Schweizer Fernsehen, bevor er sich als freier Autor selbständig machte. Er schrieb zahlreiche Bücher, Theaterstücke und Fernsehsendungen. Seine bekanntesten Arbeiten in den verschiedenen Sparten sind: die hundertteilige Fernsehreihe «Fascht e Familie», das Theaterstück «Freunde, das Leben ist lebenswert», der Film «Ein ganz gewöhnlicher Jude», das Musical «Gotthelf» und der Roman «Melnitz».

Jonas Lüscher, geboren 1976 in der Schweiz, Lehrerseminar in Bern, Studium der Philosophie in München, Zürich und Stanford, lebt seit 2000 in München. 2013 erschien sein literarisches Debut, die Novelle «Frühling der Barbaren», 2017 folgte der Roman «Kraft», 2019 die Poetikvorlesung «Ins Erzählen flüchten», 2020 der Briefwechsel «Der populistische Planet», 2025 der Roman «Verzauberte Vorbestimmung». Lüscher wurde u.a. mit dem Prix Franz Hessel, dem Hans-Fallada-Preis, dem Schweizer Buchpreis und dem Max Frisch-Preis ausgezeichnet. Seine Bücher sind in über 20 Sprachen übersetzt.

Thomas Meyer, geboren 1974 in Zürich, ist auf vielen Wegen gewandelt: jenem des Jus-Studenten, jenem des Werbetexters, jenem des erfolglosen Unternehmers, jenem des Autors, jenem des Trennungscoaches, und nun, weil sich vom Schreiben und Coachen nur bedingt leben lässt, jenem des Reallehrers. Und natürlich auf jenem des Vaters. Seine Hobbys sind die Fotografie, das Klavierspiel und grammatischer Fanatismus.

Gianna Molinari, geboren 1988 in Basel, lebt in Zürich. Sie studierte Literarisches Schreiben am Schweizerischen Literaturinstitut in Biel und Neuere Deutsche Literatur in Lausanne. Sie ist Mitbegründerin der Kunstaktionsgruppe «Literatur für das, was passiert» und des Autorinnen-Kollektivs «Rauf». 2018 erschien ihr erster Roman «Hier ist noch alles möglich». Sie erhielt für ihn den Robert Walser-Preis sowie den Clemens-Brentano-Preis und war zugleich für den Deutschen und für den Schweizer Buchpreis 2018 nominiert. Für ihren zweiten Roman «Hinter der Hecke die Welt» (2023) erhielt sie den Schillerpreis der Zürcher Kantonalbank.

Karl-Heinz Ott, geb. 1957 in Ehingen/Donau. Nach dem Studium der Philosophie, Germanistik und Musikwissenschaft war er von 1986 bis 1998 Leiter der Schauspielmusik u.a. am Theater Freiburg im Breisgau, Chefdramaturg der Oper am Theater Basel, Gastdramaturg am Theater Neumarkt Zürich. Seit 1997 ist er freier Schriftsteller, Essayist und Übersetzer. Romane: u.a. «Endlich Stille» (2005), «Wintzenried» (2011), «Die Auferstehung» (2015), «Und jeden Morgen das Meer» (2018), «Die Heilung von Luzon» (2025). Sachbücher: u.a. «Tumult und Grazie – Über Georg Friedrich Händel» (2008), «Rausch und Stille – Beethovens Sinfonien» (2018), «Hölderlins Geister» (2019), «Verfluchte Neuzeit. Eine Geschichte des reaktionären Denkens» (2022). Verschiedene Preise, zuletzt der Joseph-Breitbach-Preis (2021).

Rebekka Salm, geboren 1979 in Bubendorf (BL), Studium der Islamwissenschaften und Geschichte in Basel und Bern, arbeitet als Erwachsenenbildnerin im Migrationsbereich und ist Mutter einer Tochter. 2022 erschien ihr Debüt-Roman «Die Dinge beim Namen», 2024 folgte «Wie der Hase läuft». Sie schreibt Belletristik und Bühnentexte – auch in Mundart. 2019 gewann sie mit der Geschichte «D'Eggsfrau» den Schreibwettbewerb des Schweizer Schriftstellerwegs. 2023 Förderpreise der Kantone Basel-Landschaft und Solothurn sowie Förderpreis Dreitannen der Hans und Beatrice Maurer-Billeter-Stiftung.

Yvonn Séraphine Scherrer, geboren in Belp, wuchs in der Nähe von Bern auf. Im Alter von sieben Monaten erblindete sie an Netzhautkrebs. Sie studierte in Basel Theologie und in Fribourg Journalistik und Medienwissenschaften und liess sich zur Aromatherapeutin ausbilden. Seit 2012 erschienen von ihr vier Mundartbücher: «Nasbüechli», «Hänglisch», «Böimig» und «Wintergrüen». Yvonn Scherrer arbeitet bei SRF 2 Kultur als Redaktorin sowie beim Verein «Les Essences de Séraphine» als Autorin und Wahrnehmungsexpertin. Die Bernerin lebt und arbeitet in Basel.

Hansjörg Schneider, geboren 1938 in Aarau, studierte Germanistik, Geschichte und Psychologie in Basel und arbeitete als Lehrer und als Journalist. Heute lebt er als freier Autor in Basel. Schneider hat zahlreiche Theaterstücke verfasst, darunter «Sennentuntschi» (1972) und «Der liebe Augustin» (1983). Erfolgreich sind auch seine Hunkeler-Krimis, für die Schneider 2005 mit dem Friedrich-Glauser-Preis und 2016 mit dem Ehrenpreis der Burgdorfer Krimitage ausgezeichnet wurde.

Beat Sterchi, geboren 1949 in Bern, wanderte 1970 nach Kanada aus. Nach dem Besuch einer Abendschule studierte er in Vancouver Anglistik und ging 1975 als Englischlehrer in die honduranische Hauptstadt Tegucigalpa. Dort entstanden erste Gedichte. 1977 kehrte er nach Kanada zurück und arbeitete u.a. am Goethe-Institut Montreal. Bekannt wurde er durch seinen Roman «Blösch» (1983, u.a. ausgezeichnet mit dem aspekte-Literaturpreis des ZDF), was es ihm ermöglichte, sich 1984 in der Nähe von Valencia als freier Schriftsteller niederzulassen. 1994 kehrte er in die Schweiz zurück und publizierte Erzählungen, Mundarttexte, Hörspiel- und Theatertexte. Er lebt in Bern und ist seit 2003 Mitglied der Autorengruppe «Bern ist überall».

Alain Claude Sulzer, geboren 1953, lebt als freier Schriftsteller in Basel, Berlin und im Elsass. Er hat zahlreiche Romane veröffentlicht, u.a. «Ein perfekter Kellner», «Zur falschen Zeit», «Aus den Fugen», «Doppelleben» und 2024 «Fast wie ein Bruder». 2025 erschien die von ihm herausgegebene Anthologie «Haydn! Eine literarische Sinfonie». Für sein Werk erhielt Sulzer den Prix Médicis étranger, den Hermann-Hesse-Literaturpreis, den Kulturpreis der Stadt Basel und den Solothurner Literaturpreis 2025. Er ist Mitbegründer von «LIEDBasel» sowie künstlerischer Mitarbeiter der Projekte «Haydn2032» und des Festivals «Erasmus klingt».

Julia Weber, geboren 1983 in Moshi (Tansania). Von 2009 bis 2012 studierte sie Literarisches Schreiben am Schweizerischen Literaturinstitut in Biel/Bienne. 2012 gründete sie den Literaturdienst (www.literaturdienst.ch); 2015 war sie Mitbegründerin der Kunstaktionsgruppe «Literatur für das, was passiert» zur Unterstützung von Menschen auf der Flucht. 2019 initiierte sie mit anderen Kolleginnen das Autorinnen-Kollektiv «Rauf». 2017 erschien ihr erster Roman «Immer ist alles schön», auf den 2022 der zweite Roman «Die Vermengung» folgte. Im Februar 2026 erschien ihr dritter Roman «Weil ich Ruth bin».

Thomas Weiss, geboren 1961, ist evangelischer Theologe, Autor, Herausgeber, Mitglied des PEN-Zentrums Deutschland, der Gesellschaft für zeitgenössische Lyrik (Leipzig) sowie des Förderkreises der SchriftstellerInnen in Baden-Württemberg. Er lebt in Baden-Baden. Zuletzt erschienen «Theuerste Freundin! Frauen um Johann Peter Hebel» (2023) und «Gespräche über Bäume. Gedichte zur Demokratie» (2025, herausgegeben mit Hubert Klöpfer).

Jean Willi, geboren 1945 in Basel, arbeitete nach einer Ausbildung zum Grafiker in Paris. Nach Reisen durch die Sahara und mehrere Länder Afrikas liess er sich 1974 als Maler und Schriftsteller auf Ibiza nieder. In den 1980er Jahren gestaltete er Bücher und entwickelte eine Art Kalligrafie, bei der die Buchstaben nach ihrem Klang geformt und zu Strukturen verbunden sind. Präsentiert wurden die Arbeiten u.a. in Ausstellungen mit Cy Twombly und Roman Opalka. Als Autor verfasst Willi Prosatexte und Kolumnen und schreibt gemeinsam mit Martin Suter Drehbücher für das Fernsehen. 1999 erschien sein Roman «Sweet Home», 2005 der Kriminalroman «matar», 2014 «Ödipus im Hier und Jetzt» und 2022 «Closing Party».

Martin Zingg, geboren 1951 in Lausanne, lebt in Basel. Studium der Germanistik, der Neueren Geschichte und der Politischen Philosophie. Zingg arbeitete zunächst als Gymnasiallehrer, bevor er als Publizist und Literaturvermittler tätig wurde. Gemeinsam mit Rudolf Bussmann gab er 25 Jahre lang die Literaturzeitschrift «drehpunkt» heraus. Als Übersetzer publizierte er u.a. Werke von Emmanuel Bove, Joseph Joubert, Guy Davenport, als Herausgeber veröffentlichte er zuletzt eine Werkausgabe von Jörg Steiner und – zusammen mit Eric Bergkraut und Raphael Schweikert – den Band «Fallen Sie nicht. Fliegen Sie lieber» mit nachgelassenen Texten von Ruth Schweikert. 2025 erschien der Gedichtband «Klassische Sorgen».

Editorische Notiz

Für die Texte von Johann Peter Hebel wurde folgende Edition zugrunde gelegt:

Johann Peter Hebel: Die Kalendergeschichten. Sämtliche Erzählungen aus dem Rheinländischen Hausfreund. Herausgegeben von Hannelore Schlaffer und Harald Zils. Mit einem Nachwort von Hannelore Schlaffer. München, Wien: Carl Hanser Verlag 1999

Dabei wurden die Schreibweisen, Anführungen bei wörtlicher Rede, Kommata, Apostrophe und Kursivsetzungen behutsam vereinheitlicht sowie die schweizerische Schreibweise ‹ss› für ‹ß› verwendet.